고양이와 시

고양이와

시

차례

산문

시

에필로그   171

시는 커다란 혼잣말. 고양이는 그 혼잣말을 홀로 두지 않는다. 시는 한평생의 바닥을 하늘로 드리울 때가 있다면 고양이는 구름처럼 어디에나 있다. 푹신한 얼굴로. 시와 고양이는 나에게 날씨다.

시는 나에게 말하는 법을 가르쳐주었고, 동시에 기다리는 법도 일깨워주었다. 고양이는 나에게 말하지 않는 법을 가르쳐주었고, 대신에 함께 기다려주었다.

시는 수많은 이름을 불러보는 자리에 놓여 있으며, 고양이는 단 하나의 이름으로 여러 얼굴을 빚어주었다. 시는 때론 우는 일이었고, 고양이는 눈물과 비슷한 모양이었다. 시는 입꼬리, 고양이는 미소.

시는 나도 모르게 내가 머물러 있던 벤치였다. 고양이는 내가 다가서야 하는 자리에 항상 앉아 있다. 시는 사람의 안쪽에 켜켜이 쌓이던 풍경을 상영하고, 고양이는 바깥에 이미 벌어진 풍경을 가슴 안쪽에 몰래 물어다 놓는다.

시는 차가워진 뒤의 일이며, 고양이는 항상 인간보다 조금 더 따뜻한 무관심이다. 시는 화자로부터, 고양이는 청자로부터 회신된 나의 편지다. 시도 고양이도 부르면 당장 오지 않는다. 다가서면 달아나기 때문에 내가 어디에, 어떻게 머물러 있는지 훤하게 들추는 주소다.

시도 고양이도 내 이름을 단 한 번 불러준 적 없다. 그래서 나는 너무 많은 돌아봄이다. 나를 돌아보게 만들고, 불러 세운다는 점에서 고양이와 시는 언제나 나보다 조금 앞에 있다. 뒤에 있는 것이 좋다.

시는 사이를 만들어 얼굴을 짓고, 고양이는 그 사이를 비집고 들어가 표정을 일군다. 커다란 내 얼굴, 눈 코 입처럼 고양이와 시와 내가 만드는 얼굴이 다시 얼굴로 돌아오는 여정, 이 모든 삶.

어쩌면 그런 이야기를 평생 하게 된 것인지도 모른다.

어느 날, 친애하는 김성라 작가님이 희동이 그림을 그려 보내주셨다.
나의 자리에 놓인 고양이의 존재를 꽤 오랫동안 생각했었다.

버들고양이를 따라
우리는 풍경이 되고

고양이를 키운 지 얼마 지나지 않았을 땐 자꾸 초조한 마음이 들었다. 그래서 자주 인터넷 검색을 했다.

'고양이가 집사에게 신뢰를 보일 때 하는 행동 5'나 '고양이가 행복하다는 증거 세 가지!' 같은 조악한 카드 뉴스를 보면서 고양이를 잘 돌보고 있는지 확신하고 싶었던 것 같다. 몇 개나 맞는지 살펴보아야 했던 어설픈 마음이었으니까. 어쩌면 모를 마음. 알다가도 모를 마음. 고양이의 마음 같은 건 영원히 알 수 없는 것이라고 생각한다. 인간의 마음은 더더욱. 이 모름지기 속에서 내가 오랫동안 모르고 있는 것 중 하나도 '시'겠지. 삶에서 가장 꾸준하게 해온 것인데도 모른다고 자신 있게 말할 수 있는 것은, 모르기 때문에 계속하고 있다는 확신이다. 이 모름지기의 축제를 즐기기로 한 다음부터는 편안한 마음이 들었다. 알 것 같으면 쏜살같이 달아나고, 보이지 않을 땐 불쑥 나타나 나를 헤집어놓는 시간 속에서, 나는 언제나 우왕좌왕이었다. 뒤꽁무니만 졸졸 따라다니는 형세였지만, 그마저도 좋은 것이 사랑의 일과라면, 어쩌면 나는 오래도록 사랑하고 있는 사람이다.

우리나라에서 '버들강아지'라고 부르는 갯버들을 일본에서는 '네코야나기ねこやなぎ'라고 부른다. 그뿐만 아니라, 고양이에 대한 정서가 더 후한 일본에서는 강아지풀을 '네코쟈라시ねこじゃらし'라고 부른다. 고양이를 장난치게 만든다는 뜻에서 유래한 이름이다. 이 사실 역시 초조한 마음이 들었던 초창기에 검색을 통해 알게 된 것이다. 그리고 나는 그 이후로 버들고양이 혹은 고양이풀 속에 살

고 있다는 상상을 종종 한다. 느닷없이 재채기가 튀어나올 때, 버스에 앉아 코트에 붙은 고양이 털을 뗄 때, 고양이 스티커며 엽서로 가득 찬 책상 위에서 내게 새롭게 흐르는 풍경을 실감하곤 한다.

모른다는 사실을 숨기지 않게 되면서 나는 더 많은 것을 배울 수 있었다. 시를 쓴 지 십몇 년이 되었어도 작은 봉고차 뒤에 붙여둔 '왕초보' 딱지를 떼지 않은 것만 같다. 심지어 고양이를 키운 것은 3년 정도 되었으니 얼마나 모르는 게 많을까. 알게 될 건 또 얼마나 많을까. 고양이가 꼬리로 쳐서 떨어뜨린 알람시계나 리모컨을 줍기 위해 허리를 굽혔다가 잃어버렸던 열쇠고리를 찾게 되는 일처럼. 우연찮게 알려주는 것을 알아가는 일이 더 많다. 이 신비로움을 일으키는 것은 버들고양이의 마법이다.

공공연하게 강아지를 좋아한다고 말을 하며 다녔다. 생각해보면 어릴 적 강아지를 키웠던 기억 때문인지, 그 자리를 다른 이름으로 덮어쓰고 싶지 않았다. 아직도 꿈에 나와서는 물기 어린 코를 내 무릎에 갖다 대고, 분홍빛 혀를 날름거리며 나를 뒤따라온다. 그 빈자리를 그대로 지키며 그리워하는 것이 살아 있는 내 몫이라고 여겼다. 그래서 내가 버들고양이로 우거진 간지러움 속에 살게 될 줄은 꿈에도 몰랐다. 중학교 3학년, 교내 백일장이 열린 날 집에 일찍 가기 위해 가장 짧은 시를 선택해 써보고는 지금껏 시를 쓰게 된 일처럼.

　　누군가 고양이는 기르기 좀 수월하지 않느냐고 물으면 나는 아니라고 대답한다. 고양이는 혼자 있어도 외로움을 잘 타지 않으니 괜찮지 않느냐고 물으면, 힘주어 아니라고 대답한다. 우리는 의외로 많은 기대 속에서 어긋남을 만나기도 한다. 대학에서 문예창작을 전공할 적에 함께 시를 쓰는 친구를 사귈 작정으로 설렜으나, 막상 시를 쓰는 친구를 만나기는 어려웠다. 그래서 나는 친구들과 함께 있으면서도 자주 외로움을 느꼈다. 그 외로움을 들키기도 했고, 시를 더 잘 쓰게 될 거라는 이상한 위로도 받곤 했다. 누군가가 시는 짧으니까 쓰기 쉬

워서 빨리 쓰지 않느냐고 묻는다. 누군가는 내가 혼자 있기 좋아하니 시 쓸 시간이 많겠다고 말한다. 외로움이 어울리는 영혼은 없다. 외로움이 되어가는 영혼만 있을 뿐. 고양이도 시도 모두 그렇기 때문에 나는 고개를 젓는 일이 많았다.

집에 있으면 나의 고양이는 언제나 나를 바라보고 있다. 욕실 러그 위에 앉아서, 캣 타워 꼭대기에 앉아서, 커튼 뒤에 숨어서 얌전히 나를 본다. 나 역시도 고양이를 바라본다. 허겁지겁 밥을 먹는 모습, 먹을 게 없나 빈 깡통 주변을 두리번거리는 모습, 꼬리를 한껏 낮추고 낯선 물체를 향해 조심스럽게 다가가는 모습, 허공을 떠다니는 초파리 같은 것에 눈을 떼지 못하는 모습. 우리는 자주 서로의 뒷모습을 본다. 뒷모습을 바라봐주기 때문에 외롭지 않다고 말할 수 있을까. 고독했던 자리마다 적혀 있던 시가 나의 어떤 모습을 나지막이 말하고 있는 것은 아닐까.

언제부터인가 고양이가 잔뜩 물어 온 은유

를 손에 쥐고 있다. 나는 내 삶에 대해 명쾌하게 말할 수 없어서 시를 쓰기 시작했고, 시는 모르는 기쁨이나 해방감 같은 것을 물어다 주었다. 시는 반복으로 점철된 삶 속에서 일으킬 수 있는 작은 이변이었다. 고양이가 읽어가는 나를, 내가 읽어가는 고양이를 마음껏 착각하는 일처럼. 정답을 맞히고, 정확하게 살아야 하는 삶의 방향 속에서 시나 고양이는 어떤 방법도 될 수 없었다. 내가 어느 순간 버들고양이 수풀 속에서 사랑의 간지러움을 참으며 살게 된 일처럼, 단지 그것들은 나와 함께 풍경이 되어간다. 이유나 의미보다 먼저 도착해버린 사랑의 굴절이다. 곧이곧대로 나타나지 않거나 바라는 대로 되지 않더라도 그 자체에 휩싸인 채로 살아가게 된 것이 이 풍경의 문법이다.

고양이와 시가 서로 닮은 점이 무엇일까 생각하다가 문득 그사이에 서 있는 나를 떠올릴 수밖에 없었다. 시를 사랑한다고 말하면 좀 징그럽겠지만, 시는 여전히 내가 헤쳐 나가려고 하는 무성

한 수풀이라는 점에서, 고양이는 나를 어떤 모험에 빠트린다는 점에서 나에게는 삶의 스포츠 종목이나 다름없는 셈이다. 이 글을 통해 나는 내가 대답이 되어가는 모습을 기록할지도 모른다. 고양이와 시가 내게 모름지기의 숙제를 내주었기 때문에, 나는 내가 빚어온 생활을 통해 대답을 난반사하고 싶다. 우리가 본 것, 말한 것, 들은 것을 통해 함께 겪어가고 있는 이 누추하고 작은 삶에 관해 이야기해볼 수 있을 것 같다. 나는 그런 희망을 느낀다. 그런 용기를 얻는다. 사랑에게서, 무자비한 사랑에게서 그 희망을 놓칠 수가 없어서 좋아하는 것 앞에서 분주해진다. 용기가 필요한 일, 6kg의 고양이를 먹이고 재운 다음에 홀로 쓰는 시. 어둠 속에서 가장 환하게 빛나고 있는 컴퓨터 화면 앞에서 언어를 징검돌처럼 놓고 시간을 건너는 일을 하고 있다. 과거의 안내자나 슬픔의 관광 가이드가 될 때도 고양이 집사라는 사실은 잊지 않는다.

내 버들고양이 수풀 속에는 나와 함께 사는 고양이와 친구들의 고양이, 만난 적은 없어도 무엇을 먹고 오늘은 어떤 사고를 쳤는지 제법 아는 랜선 집사의 고양이, 고양이를 돌보는 수의사와 고양이 이야기로 그득한 책들이 있다. 사랑하는 동안 붐빌 수 있어서 좋은 시간이다. 항상 기대하는 방향으로 흘러가진 않지만, 버들고양이로 우거진 수풀을 따라 걷다 보면 숨길 수 없는 재채기가 나온다. 그건 살아 있다는 인기척 중 가장 요란하고 속수무책이다.

화자와 낚싯대

나 아니면서 나이기도 한 것은 두 가지쯤 있다.
화자와 낚싯대.

나 대신 말하는 사람. 혹은 사람이 아닌 모든
것. 나의 심부름꾼. 시에서 변죽을 일삼는 화자. 목
소리. 가면. 화자가 많을수록 내 비밀을 돕는 사람
들이 많아진다는 느낌이 들어 좋았다. 어쩌면 한
사람이면서 동시에 수만 가지 이름이 되기도 하는
화자. 사방이 거울로 뒤덮여 있는 방 안에 들어가
면 기웃거리는 내가 보였다. 뒤로 가면서 만나기도

하고, 앞지르면서 부딪치기도 하는 착각 속에서 열심히 균형을 잡았다. 시를 쓰면서 입어보게 된 화자 덕분에 지나온 시간도 있었다. 잘 지내. 또 만날 순 없겠지만. 그러니까 정말 잘 지내. 화자로부터 즐거운 작별을 처음 경험했다. 나를 흉내 내는 것이기도 하면서 동시에 내가 흉내 내기도 하는 것이다.

고양이의 낚싯대를 들고 이리저리 뛰어다니는 일도 마찬가지다. 1.5m나 되는 기다란 낚싯대를 펼쳐 마치 살아 있는 것처럼 낚싯대에 매달린 털북숭이(털로 만들어진 잠자리, 뱀, 쥐)를 생동감 있게 구현하지 않으면 안 된다. 무작정 휘두른다고 되는 일도 아니고, 분홍색 코앞에 무작정 갖다 댄다고 해서 되는 일은 더더욱 아니다. 필요한 것은 일종의 힘 조절이다. 여기에는 시도, 인생도 그러해야 한다는 진리가 담겨 있다. 공격당해 부상 입은 뱀 흉내를 내거나, 막 세상 밖으로 나와 활개 치는 새 흉내 내기. 날갯짓으로 남은 삶을 연명하는 잠자리이기도 하고, 쿠션이나 베개 뒤에 숨어서 뒤척거리는 꼬리가 되어 물음표를 자아내기. 있으면서도 없는 것 같고 없다고 생각했으나 낚싯대의 연기력은 나날이 늘어간다. 꼭 내가 되는 일처럼. 시를 쓰면서부터 사람들은 화자와 나를 하나처럼 말하고는 하였다. 화자가 교실에서 잠들어 아무도 깨우지 않아 불 꺼진 학교를 홀로 빠져나오기도 하고, 별안간 머물던 헛간에 불을 지르기도 하는 것. 정말 그런 일이 있었어? 다 경험한 일이야? 사실을 들불처럼 옮겨붙지 않게 하려고, 나이면서 동시에 내가 아닌 화자를 데려온다.

고양이가 낚싯대에 홀려 정신없이 뛰어다니는 동안에, 나는 잠깐 풍성한 털과 요란한 소리의 홀로그램 필름 날개를 간직한 짐승이 된다. 되고 나면 잠깐 누군가의 마음을 훔칠 수도 있어, 정말 되고 싶은 것을 시에 쓰기도 했다. 거기까지도 전부 나인 것, 그러나 아직은 아닌 것. 낚싯대 놀이가 끝나고 우리는 제자리로 돌아간다. 고양이는 자기만 한 모양의 크기를 간직한 러그 위에서, 나는 죽

어가기도 하고 깨어나기도 하는 침대 위에서 숨고
르기를 한다.

안간힘

　'작은 안간힘'이라고 적었다가, 안간힘 앞에 올 형용사로 '작은'은 어울리지 않는 것 같아서 지웠다. 안간힘은 좀 크면 안 되나. 사실 안간힘은 굉장히 커다란 힘이다. 물리적인 힘 이후로 정신이 발산하는 힘이자 애쓰는 마음이 깃들기 때문이다. 마음이 요동치며 일으키는 힘은, 누군가의 마음을 움직일 수 있을 정도로 강하다. 안간힘으로 삶을 버틴다는 말은, 불행한 것이 아니라 정말이지 무언가를 바꾸고 있는 숭고하고 아름다운 힘이다.

물론, 고양이가 발이 닿지 않는 곳의 간식을 얻기 위해 온몸을 기다랗게 늘려 안간힘을 쓰고 있는 것도, 안간힘이기는 하다. 가구 밑 발이 닿지 않는 곳에 들어간 공을 꺼내기 위해 최대한 납작해지는 일도. 무언가를 얻기 위해 몸의 모양을 이리저리 바꿔가며 안간힘을 쓰고 있는 고양이의 꼿꼿함은 어떤 진심의 모양일까 내심 생각하기도 했다. '겨우 그런 것에 최선을 다하다니!'라고 생각하다 보면, 나는 무엇에 안간힘을 썼나 공허한 반성을 하게 되기도 한다.

고양이의 안간힘으로 내 마음이 움찔거릴 때도 있다. 이빨 과자를 손가락으로 집어 고양이에게 직접 줄 때가 그렇다. 내 손을 물지 않고 과자만 먹으려고 안간힘을 쓰는 고양이를 볼 때마다, 내가 물리면 아프다는 것을 스스로도 아는 것인지, 내 손은 맛이 없어서 그런 것인지 헷갈리지만 종종 그 이상한 배려를 받는다고 느끼면 '서로가 서로를 다치지 않게 하기 위해 안간힘을 쓰고 있구나'하고 생각한다. 물론 힘 조절에 실패하여 손가락을 덥석 물고는 곧바로 입을 떼는 일도 허다하지만.

살려고 애쓰는 고양이들을 거리에서 볼 때마다 마음이 미어지다가도, 인간의 가냘픈 참견으로 생존 방식에 있어 혼동을 겪을 수도 있다는 생각이 들어 이런저런 일을 그만두고 만다. 그래도 자신의 생활을 쪼개어 길고양이에게 밥을 주고, 아픈 고양이를 병원에 데려다주는 누군가의 일상을 여기저기서 접할 때마다 숙연해진다. 안간힘은 진심을 전하기 위한 힘이 아니라, 전해지지 않더라도 최소한의 자신을, 또는 누군가를 지킬 수 있는 힘으로 발휘되기도 한다는 것을.

나의 고양이는 처음 구조될 때 나무 위에 올라가 있었다고 한다. 흥미를 따라 거슬러 올라간 길이었을지도 모르고, 높은 곳에 있어야만 위험 상황에 대비할 수 있어서였을지도 모른다. 구조 당시 풀숲에 내려앉아 어디로도 가지 못하고 알량한 발에 침을 묻혀 고양이 세수를 하는 영상이 내게 남아 있다. 그건 내가 생각했던 것과 전혀 다르게 평화로워 보이기까지 한다. 때로는 보호하는 마음으로 고양이의 운명을 뒤바꾼 것이 아닐까 하고 걱정이 된다. 어쨌든 가족들과 떨어지게 되었고, 온몸으로 습득한 야생의 환경과 멀어지게 되었으니까. 그래도 네가 인간과 부대끼며 살아야 할 운명이었을지도 모른다고 중얼거리며 이빨 과자를 선심 쓰듯이 입에 넣어주면, 손을 깨물지 않고 먹으려고 날렵하게 과자만 빼 먹는 고양이가 내 운명의 다른 이름처럼 만져지기도 한다.

내 운명의 다른 이름들……처럼 쓴 시가 내게도 남겨져 있는데, 남겨져 있는 것은 내가 앞으로 써야 할 시를 말하는 것이지 그동안 내가 썼던 시를 말하는 것은 아니다. 고양이와는 만남, 이어짐으로 인연을 계속하는 운명이라면 반대로 시는 나와 헤어지는 방식에서 자신의 운명을 선택한다. 나는 내 시가 아깝지 않고, 귀하지도 않으며, 나의 일부라고도 생각하지 않는다. 시가 완성되고 책이든 어디에든 실려 나를 떠나면 그걸로 끝이다. 나를 떠나면서 나를 채우고 있다가 사라지는 일을 경험할 때면 그것이 내 몫의 안간힘이라고 느껴진다. 잘 헤어지는 일로, 또 새롭게 만나는 일이 될 때의 시가 좋다. 그래서 첫 시집에 수록된 시를 펼쳐 읽을 때면 정말 오랜만에 만난 친구를 보는 것 같은 기분이 든다. 내 것처럼 만져지는 시절이 불현듯 떠올랐다가도 더는 내 것이 아닌 것 같은 어떤 생경함에 사로잡힐 때, 나는 헤어지는 일을 하기 위해 쓰고 있구나, 그래서 시가 내 운명의 다른 이름들이며 그의 집합이라면, 한때 내가 빌려 쓴 이름들이라 부르는 것이 더 적합하겠다.

　　고치고 싶은 문장 하나를 두고 며칠, 몇 달, 몇 년을 보내는 사람들도 있다. 자본 논리에 끼워 말하자면 부질없는 일처럼 느껴지지만 그 자기 안에서의 부딪침과 안간힘을 경험한 사람은, 경험하지 않았을 때보다 더 좋은 선택을 하리라 생각이 든다. 자신의 운명에 스스로 이름을 짓는 사람이야말로 삶에서 가장 능동적인 모습이 아닐까. 시를 쓰는 사람들을 소극적이고 내향적이라고만 생각하는데, 그들이 시를 토대로 경험하는 수많은 안간힘의 찰나들이 그들을 대범하고 용감하게 흔들어놓는다. 그래서 나는 감히 '작은 안간힘'이라고 말할 수가 없다.

커다란 혼잣말

시가 중얼거리기에 좋은 입술이라고 생각했다. 그런 믿음이 아니었으면, 미쳐버렸을지도 모르겠다. 어느 날에는 시가 커다랗게 우는 일이라고 느껴졌다. 그렇게 착각하지 않았다면 견딜 수 없는 날도 있었다. 혼자서 흠모했던 오래된 시집들을 다시 꺼내어 읽을 때, 그때 이 중얼거림을 좋아했던 것은 중얼거리지도 못했던 말들이 내 안에서 부글부글 끓어올랐기 때문이었다. 하고 싶은 말을 자주 삼키고, 마땅히 해야 할 이야기를 꺼내지 않을 때마다 나는 신중함을 배웠지만 나를 조금씩 잃었다.

시를 쓰면서 느낀 통쾌함은 그제야 말문이 트였다는 해방감이었다. 누가 말을 하지 못하게 한 것도 아니었다. 말을 해보라고 권유하는 사람이 주변에 더 많았으면 모를까. 그런데 끝끝내 말하지 않는 사람이 되어 기다림을 자처한 것은, 나와 어울리는 말하기 방식을 찾지 못했기 때문이었다. 어쩌면 일찍이 시를 쓰기 시작한 것은, 오랫동안 중얼거렸다는 뜻일 것이다. 시를 계속 쓰겠다고 다짐하는 것은 하고 싶은 말을 하면서 살아야겠다고, 나도 모르게 생존의 방식으로 선택한 것이 아니었을까.

　　고양이와 집에 있으면서 나는 혼잣말을 자주 한다. 고양이는 대꾸를 하지 않기 때문에 대답이 없고, 이 모든 말이 혼잣말이라고 여겨진다. 그럼에도 부르면 느즈막하게 다가오고, 밥을 먹자고 하면 졸졸 따라오는 것을 봐서 고양이는 나를 혼잣말로 두지 않으려는 모양이다. 음성 언어를 쓰지 않는 고양이가 대뜸 서운하다는 듯이 울거나, 보이지 않는 곳에서 소리를 내어 나를 부를 때 나 역시도

고양이를 혼잣말로 두고 싶지 않아 하던 일을 제쳐두고 일어나 다가간다.(가보면 아무것도 없다)

시와 독자가 서로 관통하는 지점에는 혼잣말의 세계가 다른 혼잣말의 세계와 부딪히는 곳이 있다. 내가 하려던 말을 시에서 하고 있을 때, 쓰고 보니 오랫동안 벼려왔던 말이 적혀 있을 때, 서로 혼잣말로 걸어와 혼잣말로 두지 않게 만드는 그 지점에 우리가 느끼는 시의 감동이 있다. 정서를 뿌리째 흔든다거나 값싼 동정심으로 단숨에 다가오는 문장보다, 서서히 다가와 여기에도 너와 비슷한 것 하나쯤 있다고 말해주는 시가 일찌감치 내게 찾아왔던 것이다.

고양이의 이름을 부르면 어디선가 인기척이 들리다가, 한 번 더 부르면 모퉁이를 돌아 얼굴만 빼꼼 내민다. 목적을 구체적으로 말하면 그제야 다가와 본격적으로 꼬리로 대답하는 고양이에게, 나는 혼잣말을 수신하곤 한다. 힘겹게 택배 상자 속에 포장된 것을 뜯거나, 가구 모서리에 발등을 부딪치면서 소리를 낼 때에도 고양이는 다가온다. 혼자 내는 소리에 다가오는 존재가 있어서 우리는 서로를 혼잣말로 내버려두지 않는다고 믿는다.

　난청이 있어 잘 듣지 못하는 고양이가 나오는 유튜브 채널을 구독하고 있다. 고양이가 태연하게 캣타워에서 낮잠을 자고 있으면, 집사는 깜짝 놀랄까 봐 조심히 고양이에게 다가가 인기척을 먼저 낸다. 소리가 들리지 않는 고양이는 다른 고양이들에 비해 반응이 한참 늦지만, 집사가 왔음을 깨닫고 기지개도 열심히 켜고, 캣타워에서 내려와 집사의 체취를 부지런히 맡는다. 나는 그런 장면에서 서로 혼자 두지 않으려는 노력을 짐작해보게 된다. 그 노력 하나로 들리지 않는 말보다 더 많은 마음을 경청하게 된다는 것을 배우곤 한다.

　걸려온 전화를 받으면 누구랑 있느냐는 질문을 받곤 한다. 예전에는 혼자 있다고 말했지만, 지금은 고양이와 같이 있다고 말하게 되었다. 나를 지나간 나의 시들이, 한 시절의 얼룩을 중얼거리는 중이라면 그 중얼거림이 돌고 돌아 누군가의 혼잣말을 부축해주었으면 좋겠다. 내가 시에게 걸고, 읽는 이에게 내비치고 싶은 희망이 있다면 그런 것들이다. 내가 많은 시를 읽으며 부축을 받았듯이.

순수한 마음

순수한 마음을 좋아한다. 그런 마음을 이제
는 간직할 수 없어서 동경하게 되었다고 해야 정
확한 뜻일까. 그 마음을 계산 없이 비출 때, 일시적
으로 세상이 멈추는 것만 같은 벅참을 느끼기도
한다. 지나가는 아이들의 해맑은 웃음소리, 버스정
류장에서 세상 심각하게 소곤거리는 아이들을 우
연히 만날 때가 그렇다.

어떤 대상을 좋아하는 순수한 마음이란 것은
무엇일까. 스스로 생각했을 때 아주 멍청해지는 순
간이 드리운다는 게 순수한 마음의 징조는 아닐까.

좋아하는 것을 순수한 마음으로 씻어내면, 사랑의 알맹이가 남는다. 아직 덜 익어서 먹으면 쓸 것 같지만 손아귀에 고요히 품어보게 되는.

고등학생 때 시를 너무 좋아하는데, 좋아함을 나눌 수가 없어 답답해하던 시기가 있었다. 시를 잘 알고 싶어서 우연히 알게 된 문학 커뮤니티에 가입해 활동했다. 그곳에서 사람들은 시도 때도 없이 시 이야기를 했고, 불철주야 습작한 시를 읽고 댓글로 감상을 적어주기도 했다. 사실 대부분은 영양가가 없었지만 내가 바라던 곳이었다. 주변에 아무도 시를 읽거나 쓰지 않았으므로, 그 별 볼 일 없는 북적임도 단란하게 느껴질 때였다. 아이피 주소가 반쯤 가려져 있는 닉네임을 누르면 그 사람의 나이나 정보를 간략히 볼 수 있었다. 그 게시판에서 내가 제일 좋아했던 사람은 '입속의검은잎'이었다. 그것이 기형도 시인의 시집이라는 것은 알고 있었다. 내가 맨 처음으로 완독한 시집이었기 때문이다. 그는 문예창작을 전공하던 대학생으로, 맞춤

법이 엄격했고 사람들이 올리는 허섭한 시에도 성심껏 댓글을 달았다. 내 시에 달린 댓글 중에서도 '입속의검은잎'이 달아준 댓글이 가장 길고 명료했다. 활동을 오래 하면 일정 등급으로 상승하여 쪽지를 보낼 수 있었는데, 나는 그에게 거침없이 쪽지를 보냈다. 대학에 가고 싶은 절박한 고등학생이 되어서.

그는 사족에 가까운 나의 이야기도 잘 들어주었다. 온라인으로 진득하게 누군가를 만나고 교류하는 일이 처음이어서, 그를 자주 상상했다. 성별도, 사는 곳도 잘 모르지만 '입속의검은잎'이라는 닉네임만으로도 그의 아우라는 대단했다. 그는 대학에 오는 것이 전부가 아니라는, 다소 추상적인 조언을 해주었지만 그래도 계속 시를 쓰고자 하는 마음이 있다면 문예창작학과를 경험해봐도 좋을 것이라고 당부했다. 그는 내가 가고 싶어 하는 대학교를 다니고 있었으므로 쉽게 동경의 대상이 되었다. 그에게 여러번 쪽지를 보냈으나 답장은 오지 않았다. 나는 쪽지(0) 버튼을 하염없이 바라보다가, 그가 꼭 접속하는 밤늦게 대화를 나누느라 학교에 지각하기 일쑤였다. 지금 생각해보면 시를 좋아했던 것만큼 '입속의검은잎'을 더 좋아했던 것 같다.

그러던 어느 날, 그는 이번 주 토요일에 시를 몇 편 출력해오면 합평을 해주겠다고 제안했다. 나는 너무나도 떨렸다. 내가 신뢰하는 누군가가 내 시를 읽어주는 게 처음 있는 일이었기 때문에. 그 당시 나는 전국구로 백일장을 다니고 있던 터라 고속버스, 시외버스, 시내버스 노선의 달인이 되어 있었다. 호남선 터미널 게이트도 외우고 있어서 어디에서 보자고 구체적으로 약속할 수 있었다. 근처 PC방에 가서 A4용지 한 장에 천 원이나 주고 시를 출력했다. 구겨지지 않게 어디선가 받은 클리어파일에 넣어놓고는 시간 가기를 기다렸다. 전주시외버스터미널에서 서울고속버스터미널로 향하는 약 세 시간은 내게 절정의 시간이었다. 마치 모든 것을 들키는 기분이 들기도 하고, 나쁜 짓을 하고 있는 것도 같았으며 내가 원하고 상상했던 '입속의

검은잎'의 모습은 시시각각 바뀌었다. 무엇보다도 나의 시를 누군가가 읽어주고 어떤 표정으로 무슨 이야기를 해줄지가 가장 기대되었다. 나는 호남선 게이트 앞에 있는 자판기에서 그를 기다렸다. 십 분, 삼십 분, 오십 분…… 그는 경기도에 살고 있어 지하철로 올 것이라 약속했지만, 이미 늦어도 너무 늦은 시간이 되어 있었다. 가방에는 어떤 시가 좋았는지 나누려고 기형도 시집이 들어 있었는데, 이제는 시가 구겨지든지 말든지 가방을 바닥에 내팽개쳐놓고 기다리기 시작했다. 전주에서 탔던 버스의 다음 시간 버스가 올 때까지 기다렸지만 그는 오지 않았다. 오가는 사람들이 안 보일 정도로 피폐한 시간이었다. 문득 모든 것이 또렷해졌다. 허탕이다.

이상한 마음이지만, 집으로 돌아오는 버스 안에서 눈물이 났다. 무엇보다도 무척 배가 고팠다. 김치돈가스나베가 맛있는 식당에서 밥을 먹으려고 현금도 넉넉히 가져왔는데, 아무런 소득 없이 집에 돌아와야만 했다. 휴게소에서 찐감자를 허겁지겁 먹다가 입천장이 까지고, 밤은 깊어져 갔다. 무엇을 알려주고 싶었던 것일까? 나 혼자 어떤 대답처럼 우두커니 우등버스에 앉아서 고속도로를 지났다.

그때의 사로잡힘을 떠올리면 아릿하기만 하다. 그때 이후로 무언가에 사로잡히지 않으려고 노력했다. 바보가 되기 때문에. 그리고 지금 내 곁에는 '희동이'가 있다. 나와 동생은 이름에 '동'자 돌림을 쓰고 있어서 처음 구조된 고양이의 이름이 희동이라는 사실을 들었을 땐 꼭 운명 같았다.(나의 본명 '현동', 동생 '해동' 그리고 '희동') 좋아하는 것에 있어서는 이성적으로 계산하거나 판단하지 않고, 마치 무언가에 홀린 듯 스스로 개연성을 일구면서 새로운 의미를 만들게 된다. 이것을 순수한 마음이라고 부르면 안 되나. 고양이와 시가 닮은 점이라고 한다면 딱 그것뿐이다. 나를 바보로 만든다는 것. 늘 서툰 사람으로 둔갑시킨다는 것. 이성적인 판단을 흐리게 한다는 것. 그렇게 하염없이 내게 순수를 내비친다는 것. 나는 이 원고를 쓰기 시작할 때부터 그 생각밖에 들지 않았다. 고양이와 시의 경계 사이를 하염없이 해찰하고 있는 나의 모습. 좋아하는 것 앞에서는 더 이상 굽힐 무릎이 남아 있지 않다는 것. 그래서 심적으로 크게 다치거나 손해 보는 일이 있을지도 모르겠지만. 언젠가 만나기로 했던 약속 장소에서 허탕 치고 돌아와 차창에 기대어 하염없이 생각했던 진심의 무표정은, 좋아하는 것 앞에서 내가 할 수 있는 가장 최선의 얼굴이기도 하다.

희동생

　　나에게는 네 살 터울의 동생이 한 명 있다. 지금은 한 고양이의 공동 집사이자, 오랫동안 서울 생활을 함께하고 있는 동반자. 나의 지인들은 잘 알고 있지만, 나는 동생에 대한 애정이 남다른 편이다. 누구든 그렇겠지만, 어릴 때부터 동생을 챙기거나 보살펴야 한다는 책임감을 강하게 느꼈다. 성인이 되어서는 그 막중함에서 해방이 되나 싶었는데, 동생은 영원한 동생이기에 하는 일마다 내 마음에 들어차지 않아 손이 자꾸 간다. 그래도 좀 달라진 게 있다면, 늘 챙기고 보살펴주기만 했던 내가 도리어 보살핌받거나 크고 작은 도움을 받게 되었다는 것이다. 어쩌면 아주 오래전부터 그랬을지도 모른다. 혼자 있는 게 너무 무섭고 두려워, 서로 가지고 노는 장난감이 다르고 말이 잘 통하지 않아도 덜컥 생긴 동생이 좋았다.

동생과 나는 꼭 붙어 다녀서 동네에서는 아주 유명했다. 동생을 데리고 다니기만 해도 동네 어른들은 칭찬을 아끼지 않았다. 동생은 나와 성정이 매우 비슷하지만, 무언가를 느끼고 감각하는 방식은 매우 다르며 취향이나 하는 일도 나와 전혀 다르다. 중요한 건 한 사람을 세우는 토대와 바탕이 닮았다는 것. 그건 말하지 않아도 이해하고 화해하며 서로 돕게 되는 무언가의 끈끈함이다.

첫 시집이 나왔을 때, 주변 지인들은 시집 제목인 『어느 누구의 모든 동생』의 동생이 당연히 내 친동생이라고 생각했다고 한다. 동생까지 돌봐주고 난 다음에 돌보지 못한 나의 나머지를, 또 다른 동생이라고 부르고 싶었던 마음에 쓴 시에서 가져온 구절이었기에, 반은 맞고 반은 틀리다. 동생에 대해 느끼는 어떤 감각으로부터 내가 돌보지 못한 나의 나머지를 이해할 수 있었으니까. 동생이 내게 알려준 적 없이 건넨, 나와 세상을 보는 새로운 방식이라고 할 수 있을 것 같다. 고양이를 키우게 되면서부터 우리는 동생이 한 명 더 생긴 거라고 생각했다. '희동이'를 '희동생'이라고 부르면서 우리 형제의 셋째로 받아들이게 된 것이다. 동생은 동생이 생기면서 갖게 된 애틋한 마음이 있고, 나는 그런 동생의 내리사랑을 보면서 이상한 보람을 느끼기도 한다.

  시 쓰기가 한창 재밌었을 때, 나의 시에는 주로 미성년 화자가 많이 나왔다. 그 어리숙함을 빌려서 하고 싶은 말을 마음껏 할 수 있었다. 미성년의 시절은 누구나 지나게 되는 시절이자, 그 시절을 거울 삼아 '한 사람'으로 완성되어가기 때문에 삶에 있어 가장 중요하다. "예술가는 자신의 어린 시절을 한평생 재료로 삼는다. 어렸을 적의 버릇은 예술의 성격을 결정한다." '영화의 시인'이라고도 불리는 타르콥스키 감독이 말했듯, 유년에 대한 탐구와 이해는 나에게 시라는 거대한 세계의 빗장을 여는 중요한 역할을 했다. 시를 통해 기꺼이 나의 비밀을 들키고, 다시 나의 비밀을 지키기 위해 잠그는 일을 할 수 있었다.

그 과정 안에서 '동생'이라는 키워드는 유독 많이 호명된 하나의 이름이다. 동생에게 지니게 되는 애틋하고 다정한 마음, 그 돌봄 속에서 돌아볼 수 있게 되는 두고 온 '나'에 대한 배웅. 돌이켜 생각하면 이 모든 시간들이 다시 나를 향해 다가오는 것만 같다. 동생이 일러주고 가르쳐주는 많은 것들이 삶의 해소되지 않던 문제의 이유가 되기도 하고, 근원이 되기도 하기 때문이다.

반려동물을 키우는 사람들이, 자신과 반려동물 사이의 관계성을 만드는 것을 유심히 본다. 누군가는 엄마가 되기도 하고, 누군가는 아빠가 되기도 한다. 누군가는 언니나 오빠가 되기도 하고, 나처럼 형이 되기도 한다. 반려동물에게 동생이 되는 사람은 없다. 반려동물은 느닷없이 다가와 영원히 동생으로 남는다.

범벅이 된다고 해도 좋아

언젠가 친구들과 고양이를 키우면 어떨지 이야기를 한 적이 있었다. 마침 고양이를 키우던 친구들은 고민 없이 내게 말했다.

"넌 고양이 털 때문에 안 돼."

친구는 식당 등받이 의자에 접어 걸어둔, 내가 애지중지하던 코트를 만지며 의미심장하게 말했다.

"돌돌이 인생일걸?"

평소 옷 입는 것을 좋아하는 나를 염두에 두고 한 말이었다. 그런가 싶어서 암묵적으로 동의를

한 다음 다른 이야기로 넘어갔었던 것 같은데 그 다음 이야기는 기억이 나지 않는다. 어쩌다 흩날리는 털들 속에서 고양이와 살게 되었는지 묘연해진 것처럼.

하루는 검은색 슬랙스를 입고 출근하던 길이었는데 버스 안에서 졸다가 무심코 바지 여기저기에 묻어 있는 고양이 털을 발견했다. 눈에 보이는 대로 손으로 꼬집어 떼어내긴 했지만 너무 많았다. 문제는 크게 신경 쓰이지 않았다는 것. 가방에서 꺼낸 패브릭 필통에서도, 모자 위에서도 고양이의 흔적을 어렵지 않게 발견할 수 있었다.

언제 어디서든 나의 고양이와 함께한다는 생각이 재밌고 또 좋아서인지, 털이 묻어 있는 것을 개의치 않게 되었다. 또 언제부터인가 고양이 빗질을 시작하면서 생긴 털들을 모아 공으로 만들고 있다. 털을 빗고, 뭉쳐서 돌돌 말기 시작하면 털로 된 공은 제법 단단해진다. 그렇게 모으기를 여러 개. 운이 좋게 발견한 고양이 수염까지 더해져 서랍 속에는 고양이 흔적을 보관하는 작은 상자가 있다.

내게서 온종일 묻어나는 것이 곧 나를 설명할 수 있는 것이라면, 시를 쓰기 시작하면서부터 늘 따라다니는 생각부터 말해야 할 것이다. 무엇을 보더라도 시와 연관 짓지 않고 넘어갈 수 없었다. 처음에는 영감을 얻기 위해서, 늘 무엇을 쓸지 고민하면서 살았다. 자판기 앞에서, 기나긴 벤치 가장자리에 앉아서, 식당에서 꺼낸 숟가락에 비친 내 얼굴을 보면서, 길거리에 버려진 한쪽 장갑을 보면서 늘 어떤 궁리를 했다. 시가 나를 따라다녔는지, 내가 시를 따라다녔는지는 모르겠지만 나는 끊임없이 시에 대해 생각했다. 어딘가에 홀린 사람처럼 시에 사로잡혀 있었다.

함께한다는 형식은 옆이 아닌 곁을 나눌 때 재구성된다. 그렇게 느끼는 마음은 은은하게 버팀목이 되기도 한다. 9·11 테러가 발생하고 몇 년 뒤 한 다큐멘터리를 보면서 눈물을 감추지 못했던 기억이 난다. 테러 희생자 가족의 인터뷰였는데, 창고 속에 희생자가 언젠가 입으로 바람을 불어두었던 고무공을 두고, 그의 숨이 남겨져 아직 곁에 있다고 이야기하는 대목이었다. 존재의 형체는 다양하게 남을 수 있구나. 중요한 것은 그것을 기억하고자 하는 마음일 것이다. 같은 공간에 있다고 해서, 같은 음식을 먹는다고 해서 함께한다는 감각을 매번 느낄 수 있는 것은 아니다. 함께한다는 것은 부대끼면서 느끼는 것일 수도 있고, 뜻밖의 접촉 사고처럼 부딪쳐야만 비로소 알 수 있는 것이기도 하다. 고무공에 담겨 있는 누군가의 숨이, 여기저기에 묻어 있는 고양이의 털이, 생각하는 동안 늘 따라다니는 시가 존재의 아른거림처럼 느껴지기도 한다.

러그 위에 몸을 동그랗게 말고 잠든 고양이 곁에 다가가 하염없이 바라보곤 하는데, 어느 날 무언가를 발견하고는 피식 웃음이 났다. 고양이 머리 위에 내 것으로 추정되는 머리카락이 붙어 있기 때문이었다. 너만 흘리는 게 아니었구나. 우리가 제법 공평하다는 생각이 들어서 웃음이 났고, 어디서 묻혀 온 것인지도 모른 채로 잠든 고양이의 태평함이 귀여워서 웃음이 났다. 모르는 사이에 우리는 서로에게 묻어 있었다.

첫 시집을 내기 전 자주 들었던 이야기가 있었다. 자신이 출간한 시집을 좀처럼 들여다보기 어렵다는 선배 시인들의 이야기였다. 그 이야기를 듣고 속으로 콧방귀를 뀌던 나는 그때까지 그 마음을 헤아리지 못했다. 오히려 배부른 소리라고 생각하며 크게 귀를 기울이지 않았다. 그러나 여러 권의 책을 내고 돌아보니 나 역시도 그 이야기의 주인공이 되어 있었다. 책을 펼치는 일이 어쩐지 꺼려진다. 일 때문에 찾아보는 일 말고는, 내가 쓴 것을 다시 들여다보는 일이 두렵고 어렵다. 그 안에 새겨져 있는 어떤 얼룩들이 나를 곤란하게 만들 것만 같아서다. 단순히 못생긴 얼굴로 찍힌 과거 사진을 보지 못하는 일과는 조금 다르다. 내가 힘들게 관통했던 나의 어떤 사실들이 분명하게 남아 있는 자리 앞에서 두 눈을 찡그리는 일이다. 그러나 그것들은 내게 모두 남아 있는 얼룩의 현장이다. 한 시절을 쏟으며 쫓았던 존재의 아른거림이자 목격담이기도 하다. 그 진실이 지금도 여전히 유효해서인지, 아니면 그때와 너무 달라진 모습이어서인지 나는 내 이름이 적힌 책과 어색한 사이다. 한때는 둘도 없는 친구였으나, 비행기를 타고 오래전에 출국한 친구를 거리에서 우연히 마주하는 느낌이 든다. 최선을 다해 '나'이고 싶었던 나를 보는 것이 아직은 견디기 힘들다.

고양이의 털로 공을 만드는 것은 내가 고양이와 지낸 시간을 기억하는 방법 중 하나다. 그리고 그것이 필요할 때가 생길 수도 있다는 나의 불안감 때문에 하나씩 모으는 것일 수도 있다. 비밀처럼 간직하고는, 내게서 묻어나는 것에 슬퍼하지 않으려고 나는 준비하는 것인지도 모른다. 아직 함께할 시간이 더 많고, 마주할 현재가 더 풍성하다는 것도 잘 알지만 함께할 수 있는 다른 방식을 남겨두는 것은 내가 살면서 터득한 생존 방식과도 같다. 미리 슬픔을 관측하는 악취미는 나의 기질이기도 하다. 시는 내가 예측해 온 많은 슬픔과 맞아 떨어졌다. 빗맞을 때도 시였다.

　　고양이 털을 떼어내면서도 고양이 생각을 할 수 있어서 좋다. 시를 다 쓰고 난 다음, 침대에 털썩 누워 쏟아지는 잠을 청할 때도 방 안에 방금 쓴 시가 남겨져 있어서 안심이 된다. 고양이가 나의 체취가 묻어 있는 이불이나 옷가지에 덩그러니 누워 잠을 잘 때도 그렇다. 우리는 서로가 없는 동안에도 함께하는 방법을 안다. 그것이 엄습해 오는 불안을 잠재우고, 곁에 없을 때도 함께하는 방식이라는 것까지도. 누가 알려주지 않았지만 본능적으로 만들고, 찾게 된다. 안식처 속에 있으면서도 더 깊고 아늑한 안식처를 만들면서, 우리는 우리의 시간을 보온한다. 그래서 처음에 이 책을 쓰기로 결심했을 때 고민이 많았다. 당장 사랑하는 존재에 대해 말하기가 무척 어렵고 두려웠기 때문이다. 하지만 내가 이 글에 남겨두는 나의 고양이와 시에 대한 생각들이 읽는 이를 통해 계속 존재할 수 있다면, 그것 또한 잠깐이나마 함께할 수 있는 일이 아닐까 생각하며 쓰기로 마음을 먹었다. 우리의 존재는 살면서 다양한 방식으로 빚어지게 된다. 나는 그렇게 빚어진 수많은 것들을 찾아내고 싶다. 수화기 너머의 위로나 편지에 적힌 고백 같은 것이 아니더라도, 찾아낸 존재에서 함께하고 있는 기쁨을 알게 되었을 때 나는 조금 더 잘 살고 싶어졌기 때문이다.

"제가 고양이를 키워서요."

일로 만난 자리에서 너스레를 떨며 자신의 카디건을 조심스럽게 벗는 사람이 있다. 처음 본 그 사람이 무엇과 함께 왔는지 조금은 알 것 같기도 하다. 집으로 돌아가는 버스 안에서 차창에 기대어 떠올릴 털북숭이 얼굴이 어떻게 생겼을지도 궁금하다. 그 잠깐의 마주침을 통해 나의 고양이가 보고 싶어지는, 어제 쓰다 만 시를 계속해보고 싶은 마음이 든다. 함께하는 마음이 불쑥 내게 쥐여주는 이상한 용기가, 여전히 나를 따뜻한 쪽으로 데려간다.

개수대 앞에서 눈물 헹구기

일과를 마치고 집에 돌아오면 고양이는 인사처럼 아주 늘어지게 기지개 켜는 모습을 보여준다. 그러고는 수직으로 세워진 스크래처 앞에 서서 발톱을 세워 긁는다. 처음에는 너무나도 태연하고 지루해 보이는 고양이의 환대를 그러려니 생각했었는데, 나중에 어디선가 알려준 바로는 반가움을 숨기고 참으려는 고양이의 행동이라고 했다. 패턴은 아주 정확하고 매번 반복된다. 나에게 달려들거나 꼬리를 흔드는 일은 전무하고, 기지개를 켠 다음 발톱으로 스크래처를 긁고, 바깥에서 묻혀온 냄새를 바지 밑단부터 서서히 맡기 시작한다. 고양이의 삼엄한 경비를 통과하면 그제야 몸을 부비거나 또 먼발치에서 나를 지켜본다. 평소보다 늦게 들어오면 잔소리라도 하듯이 걸음마다 따라다니며 중얼거린다. 반가움이라는 일종의 흥분 상태를 가라앉히기 위해, 강아지를 키울 때도 집에 들어서면 애써 데면데면 대하곤 했었다. 고양이에게서 그랬던 나의 모습을 보니, 무척 생경하기만 했다.

'기쁨에서 오는 불안, 슬픔에서 오는 불안 모두 하나의 선분을 나눠 쓴다'라는 이야기를 심리상담 선생님께 들은 적 있었다. 그때 선생님은 내가 기쁜 일마저도 통제해서 평정심을 유지하려고 하는 것 때문에 적잖은 스트레스를 받고 있는 거라고 일러주었다. 내가 감당할 수 없는 감정이라면, 그게 아주 커다란 기쁨이라 할지라도 대수롭지 않게 느끼려고 안간힘을 쓰는 것이다. 마치 고양이가 반가움을 가라앉히려 기지개를 켜고 스크래처를 긁는 것처럼. 평상시처럼 지내려고 애쓰고, 보통의 일상으로 나아간다. 아주 기쁜 일이 있다고 해서, 또 아주 나쁜 일이 일어났다고 해서 달라지는 것은 없다고 생각하며 초연한 얼굴로 개수대 앞에 선다. 세수라는, 나를 제자리에 돌려놓는 주문을 걸기 위해.

여행을 많이 다닐 적에는 독자들에게 이런 질문을 종종 듣곤 했다. "여행지에서 영감을 얻어 시를 쓰신 적은 없으신지요?" 그 질문은 아주 평범하면서도 이상하게 들렸다. 나는 단 한 번도 여행지에서 시 쓰기를 시도해본 적이 없었으니까. 그 질문에 얼버무리며 대답하고는, 그 뒤로 늘 생각하게 되었다. 여행을 갔을 때 시가 나의 바깥에 서는 일에 대해서. 이방인이 된다는 것은 내가 갖추며 지내온 태도를 잠깐 놓아주는 일이 되기도 했다. 시를 떠올리고, 메모하고, 써 내려가는 일의 과정이 여행지에서 이루어지지 않는 것은 이방인으로서 갖게 되는 잠깐의 흥분 상태를 경계했기 때문이었다. 아름다운 풍경 속에 있으면 누구와도 사랑을 시작할 수 있을 것만 같고, 낯선 타인과 말 한 마디 걸기 어려웠던 내성적인 모습은 부러 말을 걸고, 새로운 시작의 시동을 알리는 잡담을 먼저 하기도 하는 외향적인 모습으로 바뀐다. 좋은 여행 끝에는 언제나 돌아가서 잘 살고 싶다는 마음을 지니게 되며, 특히 긴 여행을 마치고 돌아왔을 땐 한동안 나답지 않은 여행의 흥분 상태로 살게 된다. 무엇이든 시도할 수 있을 것만 같고, 얼마든지 가능할 것만 같은 그 통제를 벗어난 시간 속에서 나의 언어가 깨끗하게 맺힐 일이 없다고 생각했을지도 모르겠다.

고양이의 평정심을 좋아한다. 그 덕분에 고양이는 아플 때도 겉으로 큰 내색을 하지 않아 많은 집사들의 세밀한 관찰을 요한다. 고양이의 골골송이 자신의 기쁨과 슬픔을 모두 표현한다는 것을 미루어 짐작했을 때에도, 내가 기쁨과 슬픔에서 느끼는 불안을 하나의 선분에서 느끼는 것과 크게 다르지 않다. 평정심을 지니면서 시를 쓰고 싶다는 생각도 어쩌면 고양이 같은 나의 성정에서 오는 것일 수도 있겠다. 그윽하고 진득한 마음에 취하지 않고, 그것이 건네는 선물 꾸러미도 열어보지 않은 채, 나를 통과해 흐르던 시간이 나의 기분에 구애받지 않도록 평정심을 유지하는 것이 내가 시 쓰기의 맨 처음에 들어설 때마다 간직하는 모양이기도 하다.

사로잡힘

사로잡힘의 시간 속에서 내가 가장 먼저 간직한 마음은 어쩔 수 없다는 것이었다. 나의 선택이나 외부의 상황 같은 것이 관여하지 않는, 운명적이라고 말할 수 있는 그 사로잡힘 속에서 나는 매번 사랑을 시작했다. 사랑을 시작한다는 말은 좀 거창하니까, 사랑일까? 의심하면서 시작해보았다고 하면 어떨까. 생각해보면 고양이도 그랬고, 시도 마찬가지였다.

약속으로 점철된 삶을 수행하다 보니 나를

잃어버리고 있다는 생각이 들어서 비행기 표를 끊었다. 일본 나고야는 재미없는 도시로 잘 알려져 있어서 관광객이 많지 않다고 하는데, 그것이 내게는 여행의 충분한 이유가 되었다. 따분한 시간 속에서 나를 마주하기로 결정한 다음, 공항과 두 정거장 떨어져 있는 근교 '도코나메常滑市'를 첫 행선지로 계획했다. 일본 아이치현의 서부에 위치한 작은 도시였는데, 도자기 산업이 발달하여 전통을 계승하고 있는 곳으로 유명했다. 내가 보고 싶은 것은 한쪽 앞발을 들고 있는 고양이 동상 '마네키네코まねきねこ'였다. 여느 상점 카운터에서 흔히 볼 수 있는 고양이. 환영의 얼굴로 앞발을 들고 서 있는 그 동상이다. 도코나메에 가장 큰 마네키네코 동상이 있다고 해서 기대를 안고 갔다. 이상하게 도코나메는 도자기 마을이지만 온통 고양이를 상징하고 있는 곳이기도 했다. 역에서 내려 도자기 마을 쪽으로 가는 곳에만 해도 고양이 동상이 여기저기 놓여 있었다. 도자기로 구현한 고양이가 저마다 상징하고 있는 것이 달랐는데, 석벽에 장식된 서른아

홉 마리 고양이의 그 효험에 대해 읽으며 따라 걸으니 시간 가는 줄 몰랐다. '여행안전, 애완동물 수호 및 공양, 순산, 가내안전, 미인기원, 대어만족, 항공안전, 학업성취' 등 각각 고양이가 상징하고 있는 의미를 읽으니 왠지 수호받는 느낌이 들었다. 육교 위에 덩그러니 놓여 있는 거대한 마네키네코는 왼발을 들어 인사하고 있었다. 왼발을 들고 있으면 손님을 부르는 것이고, 오른발을 들고 있으면 돈을 부른다고 하여 '행운의 인형'으로 손꼽히기도 한다.

　　고양이에 사로잡혀 있는 마을에는 굴뚝이 많았다. 도자기를 빚는 공간이 많다는 뜻이기도 한데, 도자기로 장식된 벽을 따라 걷다 보면 어느덧 마을을 한 바퀴 다 돌게 된다. 고양이가 그려진 표지판부터 고양이 카페, 고양이 보호소까지 고양이로 뒤덮여 있는 마을을 지나오니 어느새 콧잔등에는 땀이 방울방울 맺혀 있었다. 땀이 나는 줄도 모르고, 홀린 것처럼 걸었다는 뜻이기도 했다.

　　무언가에 사로잡혀 있으면 일단 시간 가는

줄 모르게 되는데, 그 몰입을 통해 사랑을 실천할 수 있었다. 학교 다닐 때도 야간 자율 학습 시간이 되면 나는 어김없이 시를 썼다. 시를 쓰고 싶어서 라기보다는, 시간이 금방 가서 좋았다. 시계만 하염없이 노려보면서 시간 가기를 기다렸던 날들과는 다르게, 종소리가 울리며 주어진 시간이 끝나지 않기를 바라는 마음을 가졌던 것은 시를 쓰면서 처음 느낀 것이었다. 그 몰입감을 기억하며 살아가는 것은, 내가 무언가를 열렬히 좋아하거나 사랑에 빠져 있는 상황을 감지하는 데 큰 도움이 되었다. 사랑에 빠지면 안 되는데……. 스스로 주문을 외우면서 돌이킬 수 없는 시간 뒤에 서 있을 때가 그랬다.

시를 쓰는 것뿐만 아니라 시에 대해 이야기할 때도, 시를 읽거나 시집을 살펴볼 때도 시간의 소용돌이 속에 빨려 들어간 채로 사랑을 실천했다. 나는 이 상태를 '사로잡힘'이라고 생각하며 지냈다. 내가 사로잡는 것이 아니라, 사랑의 대상으로부터 저절로, 어쩔 수 없이 사로잡히게 되는 순간부터 걷잡을 수 없는 마음의 반경을 걷게 되는 그 아득함을 내심 좋아했다. 사랑에 빠지지 못해 안달이 날 때도 더 길었기에, 그 아득함을 오래도록 그리워했다.

지금도 시를 좋아하지만, 좋아하는 마음을 들키고 싶지 않다. 대신에 시에 관한 것이라면 기웃거리지 않은 게 없을 정도로 움직였는데, 사랑은 나를 형편없는 줄 알면서도 움직이게 하는 것이라서 열심히 분주했다. 시에 몰입해 있을 때는 그게 전부처럼 느껴져서 자주 의심하고는 했다. 사랑은 주어진 많은 의심을 철회하는 과정에 놓여 있다. 시에게 미래나 앞날에 대해 묻지 않았던 일처럼. 그저 좋아서 하는 것임에 무슨 이유가 필요할까, 그 무모한 마음은 시로 일궈가는 내 삶의 표정을 빚는다. 자연스럽고, 나도 몰랐던 표정을.

고양이를 키운 뒤로 고양이를 보는 눈이 더 선명하고 뾰족해졌다. 그 덕분에 거리에서 많은 고양이를 목격하게 되기도 한다. 좋아하는 쪽에 감각이 활짝 열리면 그 창문은 사계절 내내 열려 있기도 한데, 그로 인해 내가 결정하지 않은 풍경이 수놓아지게 된다. 때로는 어쩔 수 없이 가지게 되는 그 풍경을, 살아가는 나의 좋아하는 마음을 길들이지 못하는 듯하다.

사랑하는 마음은 숨길 수가 없어서, 여행 내내 메고 다녔던 가방에는 나의 고양이 사진이 끼워져 있는 키링이 달려 있었다. 도코나메 도자기 마을을 방황하다가 겨우 들어간 한 작은 카페 겸 식당에서 정갈한 식사를 마치고 나올 때쯤, 점원은 그 키링을 보고는 너무 귀엽다며 환하게 웃어주었다. 사랑하는 마음을 들키는 건 어쨌든 부끄러운 것이므로, 수줍게 인사하고는 도망치듯 후다닥 나왔다. 카페의 정원 곳곳에는 고양이 모양으로 빚은 돌과 도자기들이 내가 나가야 할 방향을 안내하고 있었다. 하마터면 보지 못했을 정도로 작은 크기였지만, 날이 화창해서 윤이 나고 반짝였다.

같은 칫솔 쓰는 사이

고양이 양치질에 소질이 없는 나는 도구의 힘을 조금 더 빌려보기로 했다. 사람들에게 인기가 좋은 어금니 칫솔이 고양이 양치질에도 효과가 좋다는 이야기를 듣고, 내 것 하나 고양이 것 하나 사이좋게 구매했다. 색깔만 다르게. 어금니까지 침투하기 위해 작게 구성된 칫솔모를 꾹 다문 고양이 입을 벌려 여기저기 들이대면, 손등이나 팔에 발톱자국이 생긴다. 이렇게 욱신거리는 포옹이 또 있을지. 덕분에 어금니 칫솔이라는 것을 처음 써보게 된 나는 거울 앞에서 있는 힘껏 입을 벌려 어금니를 칫솔로 만진다. 칫솔꽂이에 나란히 꽂혀 있는 우리의 어금니 칫솔을 보며, 우리는 같은 칫솔을 쓰는 사이구나. 어쩐지 다정한 사이가 된 것만 같아 홀로 흡족하다.

다정함이 보온하는 관계에 대해 오랫동안 희망을 놓지 않고 살아왔다. 만나거나 함께 겪어내는 시간의 빈도가 아니라, 서로를 생각해주는 마음으로 그 공백까지 잘 건너게 되는 이상하고 신비한 일을 굳게 믿어온 것이다. 관계의 북적임이나 부대낌에 비례하는 다정함이 아니라, 누군가의 안쪽까지 헤아리는 마음이라 치면 다정함은 너무나도 긴밀하고 어려운 일이기도 했지만, 나는 누군가가 건네는 다정함을 덥석 받아왔었다. 돌려줄 방법을 열심히 떠올리며 생활에 맞혀 살아가는 것 또한 다정함을 발명하는 일이었다.

수업을 하다 보면 언제나 수업 말미에 다정함을 건네는 사람들이 있다. 수업을 듣는 인원수에

맞춰 작은 선물을 준비해오거나, 엽서를 적어오는 사람. 나도 그중에 한 명이었다. 이렇게 헤어지면 아쉽잖아요. 한 명도 아니고 여러 명의 것을 준비하느라 각자 갖게 된 한 사람의 글씨체는 조금씩 다 다르다. 마지막에 쓰느라 팔에 힘이 빠져 글씨가 엉망이 된 사람에게도 양해의 말을 구한다. 그 엽서는 왠지 더 안간힘을 쓴 것 같아 다정하게 느껴진다. 수업 시간마다 나눠 가진 흰 종이의 유인물, 그 안에 우리가 모두 같은 글자를 읽고, 언어를 탐독하고, 작품을 이해하는 순간까지 담겨 있어서 어딘가에 처박아두고 있다가 나중에 발견하게 될 때 그 시간이 와르르 쏟아진다. 물기 마른 칫솔을 만지작거리며 '고양이 양치질을 하지 않은 지 오래되었구나'라고 생각하는 머쓱함과 다르지가 않다.

　　예전에는 인간관계가 드넓고 부산했지만 공통점을 계기로 그 범위가 점차 줄어들면서 정리가 되었다. 시를 좋아하는 사람들, 시를 쓰는 사람들, 고양이를 키우는 사람들, 서로의 접점을 부단히 찾으면서 계속 연결되는 관계들. 그 안에서 주고받는 다정함은 자신도 경험해봄직한 일을 누군가가 하고 있어서인지 그 사려 깊고 섬세함이 남다르다. 나는 언제나 주는 쪽에 있으려고 했지만 생각해보면 받는 쪽에 더 오래 있었다. 이 빚을 언제 다 갚지, 하고 그동안 받아온 지난날의 엽서와 편지를 세어보면 나보다도 넘쳐나는 말들이다. 그래서 꼭 다정함을 주었던 사람에게 보답할 수 없더라도, 그 마음을 다른 곳에서, 더 진귀하게 발휘해보겠다고 생각한다. 그건 주었던 쪽에서도 용납할 수 있는 일. 내가 주었던 마음도 그렇게 쓰인다면 바랄 것이 없다.

고양이의 안부를 더러 물으면서 자신의 고양이가 잘 먹지 않는 간식을 나눠주는 사람들도 있었다. 먹는 것을 나누는 인간의 정으로부터 고양이의 정으로 나아갈 때 애틋한 마음이 든다. 서로 입맛도 취향도 달라서, 남는 것이 생기고 그것을 줄 수 있다는 생각은 지극히 인간적인데 그래도 고양이의 몸으로부터 다른 고양이의 몸이 생겼다는 것을 생각한다. 서로 쓰는 시가 너무나도 다르지만 그래서 더 어울리는 것도 있다. 서로를 따라가거나 쫓지 않고, 최대한 열심히 헤어지면서 멀어지면 멀어질수록 강해지는 시의 효능에는 의심의 여지 없이 꼼짝 못 하는 사람들. 나는 그런 사람들이 좋다. 그런 사람들과 테이블에 앉아 같은 내용이 적힌 종이를 바라보며 무언가를 읽고, 말하는 일이 좋다. 꼭 잘 쓰지 않는 컵에 꽂혀 있는 제각기 다른 색깔의 어금니 칫솔 같다.

고양이가 처음 집에 왔을 때, 사료를 줄 마땅한 그릇이 없어서 부엌 식기 건조대에 막 씻어 둔 그릇 하나를 꺼내온 적이 있었다. 사람이 쓰던 것이라 낯설어하면 어쩌지 싶던 생각도 잠시, 그릇 바닥까지 열심히 핥으며 먹는 일에 최선을 다했던 고양이다. 그때 처음으로 우리가 같이 살게 되었다는 것을 실감했다. 담기는 것은 다르지만 용도는 같아서 하나의 사물에서 엇비슷한 모양을 그려내는 풍경. 그 풍경이 겹쳐질 때의 다정함은 말로 표현하기가 조금 어렵다. 처음 고양이를 데려오면서 며칠분의 사료가 담긴 플라스틱 반찬통을 함께 받았었는데 지금 그곳에는 우리가 먹어야 하는 멸치 볶음이 담겨 있다.

바닥의 귀재

  누워 있는 고양이 사진을 찍다 보면 꼭 사진에 함께 찍힌 바닥에 나뒹구는 머리카락이나 먼지를 보게 된다. 그러면 난데없이 물티슈 하나를 뽑아 그 자리를 열심히 닦는다. 또 다른 사진에는 소파 밑에 들어가 있는 플레이스테이션 컨트롤러를 보게 된다든지, 열심히 찾고 있었던 리모콘을 발견하게 된다. 이렇게 고양이가 눕는 곳에 뜻이 있다.

  바닥의 귀재가 된 나는 고양이를 키우면서부터 더는 바닥을 치지 않게 되었다고 사람들에게 말하고 다녔다. 은유적인 표현이기도 하다. 기분이나 감정이 한없이 가라앉아서 생활의 기초적인 것들을 포기하던 때가 많았었는데, 슬프고 화가 나더라도 고양이의 밥을 주기 위해 일어나고, 물그릇을 씻기 위해 부엌 개수대 앞에 서야만 했기 때문이다. 아무것도 하고 싶지 않을 때, 물끄러미 나만 바라보고 있는 고양이를 위해 서랍에서 꺼낸 인조 강아지풀을 열심히 흔들거나 방울이 달린 낚싯대를 이리저리 휘저으며 잠깐 딴생각을 해보기도 한다. 이게 끝이 아니구나, 나는 하염없이 내려앉았는데 나를 딛고 폴짝 폴짝 뛰어오르는 고양이를 보면 이럴 일이 아니구나 싶어진다.

어리석은 생각이지만, 시는 바닥을 만나지 않으면 쓸 수가 없었다. 밝고 화창한 날을 등지고 숨어 밑을 봐야만 말할 수가 있었다. 시는 왜 꼭 그래야만 했을까? 너도 좀 밝고 명랑한 시를 써보라고, 그 슬픔에서 벗어나 보라고 말하던 사람들은 언제나 꼭 말끝에 '드라마를 써 봐'라는 식으로 돈

이 되는 일을 권했지만 드라마에도 슬픔은 비일비
재하다. 내가 말하고 싶은 슬픔은 그곳에 없었던
것 같지만. 아무것도 없는 바닥을 꼭 튀어 오르고
싶었다. 그래서 나를 방치하는 시간도 있었다. 직
장에 다니기 전에는 시간의 말뚝에 묶여 있지 않
았기 때문에 기분에 잡아먹혀서 시간을 제대로 가
누지 못했다. 시간의 질서를 어기고 가로지르면서
방탕한 생활을 하다 보면 돌아갈 길이 아득해졌다.
그때 가장 두려웠던 것이 겨우 아침 제시간에 일
어나야 하는 일이었으니까.

바닥 위에서 고양이와 호흡하는 시간이 길어
지면서 나는 제법 부지런한 사람이 되어간다. 시를
쓰면서 감정의 깊은 골까지 다녀와 본 어두컴컴한
경험 때문인지, 고양이를 위해 훌훌 털고 일어나는
시늉도 제법 할 줄 알게 되었다. 그래 밥은 먹어야
지, 하면서 촉촉하게 지은 밥 한 그릇을 푸고, 어제
먹다 만 국을 열심히 데워 먹는 식탁 옆에서는 자
신의 분량을 최선을 다해 먹고 있는 고양이가 있

다. 집 안에서 무언가 씹는 소리만 남게 되면 멈춰 있으란 법만 있는 건 아니구나, 깨닫게 된다. 시의 언어가 피폐한 내벽에서 긁어오는 일이라고 생각했지만, 이제는 건강한 쪽에서 꺼내오는 일이 되었다. 이제는 건강하다는 것이 티 하나 없는 새것 같은 것이 아니라, 저마다의 시간을 지나며 회복하고 다친 것을 복구해온, 아득한 시간을 간직하는 일이기 때문에 시와 더 어울린다고 생각했다.

고양이와 제일 좋아하는 공놀이를 한다. 내가 공을 던지면 고양이는 그것을 물어온다. 강아지처럼 해맑게 달려가 내 앞에 물어오는 게 아니라, 어중간하게 내 앞에 공을 휙 갖다 놓는다. 보상으로 간식을 주면 그것을 오드득 오드득 열심히 씹고, 다시 공을 던지면 힘껏 달려간다. 고양이의 반경이 이 실내로 한정된다는 게 무척 서글프지만 그건 어디까지나 인간의 동정심이다. 던진 공을 물어오지 않고 내 앞에 한숨을 쉬며 푹 주저앉으면 나와 고양이는 냉장고 앞으로 향한다. 냉장고 밑의 어두컴컴한 심연에 빛을 끼얹어 공이 들어갔나 확인하는 순서다. 저기에 있다. 저기에는 옛날에 잃어버린 공도 있네? 철제 옷걸이를 길게 구부려서 그것을 꺼내면 다시 공놀이 시작이다. 모든 공놀이의 종착지는 냉장고 앞이다. 나는 그곳을 고양이가 아니면 들여다볼 일이 없다.

고양이는 내게 바닥을 보여주면서 생활의 놀라운 허점을, 다시 일어서야 할 자리를 보여준다. 시는 내가 주저앉은 자리의 스케치라 여겼지만, 일어서려는 자의 비명이기도 했다. 어쩌면 쓰러지지 않으려는 안간힘이었다.

사이 횡단

집에서 고양이를 잃어버렸다는 말을 어떻게 설명해야 할지 모르겠다. 분명 집에 있었는데, 없어진 고양이를 찾느라 등골이 서늘했던 적이 몇 번 있다. 자주 올라가 있거나 숨어 있는 공간을 살펴보았을 때는 없었다. 감쪽같이 사라져버린 고양이의 이름을 부르며 아파트 단지를 뛰어다니기도 했다. 불안감이 엄습했고, 머릿속에서는 온갖 시뮬레이션이 뒤엉켰다. 고양이 탐정이나 전단지에 적을 내용 같은 것을 생각하면서도 내심 집에 있기를 바랐다.

나의 고양이 희동이는 냉장고 위에 숨어 있
었다. 천장 서랍장과 냉장고 사이 그 비좁은 틈에
어떻게 올라갈 수 있었을까? 나는 종종 고양이의
유연함을 의심하느라 생각지도 않았던 곳에서 고
양이를 발견하는 때가 많았다. 안도의 한숨과 함께
아무것도 모르는 표정으로 태연히 나를 보고 있는
고양이 얼굴에 웃음이 나지 않을 수가 없었다.

　　시를 쓰다 보면 언제나 행간에 대해 생각한
다. 행간은 시가 적히지 않는 공간이다. 시가 재미
있을 수밖에 없는 이유는 바로 이 행간의 묘연함
에 있다. 말하지 않는데 말하고 있는 것 같고, 생각
의 환기구처럼 여백을 날개 삼아 쉼 없이 돌아가
고 있기 때문이다. 시 읽기에 어려움을 느끼는 사
람에게, 나는 줄곧 이 행간을 읽어보기를 권했다.
언어가 적히지 않은 자리까지 읽어보라는 뜻이었
다. 다 말하지 않는 방식으로, 가라앉은 생각을 촉
발하고 휘젓는 시의 뾰족함은 생략된 듯한, 그러나
팽팽한 긴장감 속에서 진공 상태로 놓여 있는.

그런 점에서 고양이는 집 안의 행간 속에 자주 뛰어든다. 어쩌면 희동이가 나보다 더 많은 공간을 누리고 있는 듯하다. 틈새를 가로질러 몸을 웅크리고는 자기만의 시간을 보내는 희동이를 찾아 멀리 떠나지 않아도 되었다. 하루는 옷장 속에서 까마득하게 앉아 있는 희동이를 찾고 허탈한 마음에 주저앉았었다. 고양이가 나를 자꾸 술래로 만드는 것이었다. 시가 숨어 있는 행간의 의미를 찾아 독자를 술래로 만드는 일처럼 말이다.

이러한 일들 때문인지 고양이를 키우면서 추리 능력이 생기게 되었다. 능력이라기보단, 추리할 일이 많아졌다는 게 더 맞는 말이겠다. 작년 성탄절은 악몽이었다. 희동이가 연속적으로 구토를 했기 때문이다. 정확히는 일곱 번이었다. 초보 집사인 나는 몹시 당황했고, 새벽 내내 토하는 희동이를 데리고 매일 병원을 찾았다. 출퇴근을 하면서 동네 여기저기에 있는 동물병원을 유심히 본 기억으로, 가장 빠르게 갈 수 있는 24시 동물병원을 금방 생각해낼 수 있었다. 병원에 가 안심이 되긴 했지만, 병원에서도 구토의 원인을 찾지 못했다. '특발성 구토'라는 진단을 받고 구토 억제 주사를 맞고 약을 처방받아 돌아왔다. 특별한 원인을 모를 때 '특발성'이라는 수식어가 붙은 진단명을 쓴다는 것도 뒤늦게야 알게 되었다. 희동이는 상태가 호전되는가 싶더니 며칠 뒤 다시 연속적으로 구토를 시작했고, 식음을 전폐했다. 먹을 것이라면 자다가도 벌떡 일어났기에 심상치 않은 상황임을 인지했다. 회사에서도 울상을 짓고 있으니, 집에 얼른 가보라는 배려를 받았고 연말에 나는 희동이와 함께 병원을 들락날락했다. 기본적인 검사부터 엑스레이, 초음파 검사까지 했다. 그 결과 특별히 이상한 증상을 발견할 수 없었기에, 선생님은 혹시 고양이가 삼켰을 만한 것이 집에 있진 않았는지 계속 되물었다. 집에는 너무 많은 장난감이 널브러져 있었으므로, 쉽게 대답을 떠올릴 수 없었다. 다행히도 희동이는 약을 처방받고, 처방식 사료로 바꾼 뒤 건강을 회복할 수 있었다. 그때부터인지, 무엇이라도 삼켰을까 의심이 되는 날엔 희동이가 애써 모래로 덮어놓은 똥을 유심히 들여다보게 되었다. 보석 세공사처럼 눈을 희미하게 뜨고 정확하게 보려고 한다. 희동이가 은밀한 얼굴을 하고 있다면, 그 주변을 샅샅이 수색했다. 무언가 뜯어먹은 흔적을 발견하면 얼른 치우고 주의를 주었다. 희동이가 병원에 다닌 지 일주일쯤 지났을까. 고양이를 키우며 포기했던 것 중 하나가 식물을 기르는 것이었는데, 마침 버리려고 화장실에 두었다가 까마득히 잊어버렸던 스킨답서스 화분이 생각났다.(스킨답서스와 같은 관엽식물은 개나 고양이에게 배탈을 유발할 수 있다고 한다) 얼른 처리하기 위해 화분을 들었는데 이파리에 희동이가 뜯어먹은 이빨 자국이 선명했다. 그동안 내 마음을 갉아먹었던 사건이 종결되는 순간이었다.

　　하루는 희동이와 '스네이크 꼬리'가 달린 낚싯대를 가지고 놀았다. 잠깐 한눈판 사이에 스네이크 꼬리가 감쪽같이 사라지고 앙상한 낚싯대만 남아 있었다. 어딘가 떨어져 나간 게 틀림없을 것 같아 집 안에 있는 틈이란 틈을 들쑤시고 다녔다. 의미를 알고 싶어 시의 행간을 뛰어다니듯이. 그러나 집에서 읽어 내린 거의 모든 곳에서 꼬리 모양 장난감을 찾을 수 없었다. 며칠 뒤 희동이가 다시 토했고, 그 안에 녹아가던 꼬리 모양 장난감이 들어 있었다.

희동이와 반복되는 숨바꼭질 속에서 나는 희동이가 더 이상 갈 곳이 없다고 안도했는데, 또다시 희동이가 다시 사라지고 없었다. 예전에는 땀을 흘리며 걱정만 했다면 이제는 조금 여유롭게 수색을 시작한다. 냉장고 위에도, 옷장 속에도 없었다. 고양이를 키우며 창문을 잘 열지 않고 살기 때문에 바깥에 나갔을 일은 없었다. 하나씩 수사망을 좁혀가던 중, 베란다 창고에 차곡차곡 쌓여 있던 상자 위에서 눈을 동그랗게 뜨고 나를 바라보는 희동이를 발견했다. "세상에!" 동생과 나는 알 수 없는 감탄사를 내뱉고 희동이를 안아 내려주었다. 우리가 "세상에!"라며 놀랐던 것은, 짐으로 가득해 공간이 전혀 없다고 생각했던 곳에 희동이가 숨어 있었기 때문이다.

사이와 간격, 요즘 내가 사로잡혀 있는 단어다. 내 생활에 금세 적용되고, 또 필요한 것들이기도 하다. 원하거나 원한 적 없이 갖게 된 사이와 간격은 둘도 없는 단짝 친구 같다. 서로에게 틈입할 여지 없이 빼곡하게 지냈던 사이들을 지나 요즘에는 거리감을 간직하고 서로를 안전한 거리에서 보살피는 정도가 좋다. 거리를 두는 것이 아니라 서로를 침범하지 않는 선을 지키는 노력을 하는 것이다. 시에서도 연과 연 사이, 행과 행 사이로부터 조성되는 거리감이 있다. 나는 그 사이에서 이상한 긴장감을 느낀다. 희동이를 잃어버렸을 때 느끼던 긴장감이 아니라, 무언가를 기대하게 하고, 예상하지 못했던 것이 튀어나올 것 같다는 그런 긴장감이랄까. 사이에는 그런 것이 있다. 간격에는 그런 것이 있다. 그 사이에서 우리는 마음의 창문을 열기도 하고, 뜻밖의 모험에 빠져들기도 한다. 서로를 위해 비켜설 수도 있고, 만날 수도 있다. 기대하게 된다는 뜻이기도 하다.

　　시를 쓸 때 만드는 행간 속에서 나는 자주 멈추게 된다. 지금을 위한 다음이 아니라, 다음을 위한 지금을 쓰고 싶기 때문이다. 시를 쓰면서 쓰고 싶은 것보다 쓰지 않아야 할 것에 대해 더 오랫동안 고민한 것 같다. 그래서 나의 행간에는 보이지 않는 물방울들로 가득하다. 아무것도 없다고 불쑥 발을 내밀었다가 물거품의 함정에 빠질 수 있다. 그 물거품으로 깨끗하게 씻어낸 얼굴로 다시 종이 위에 적힌 것을 읽어볼 수 있다. 행간에 빠져본 사람만이 읽을 수 있는 것이 시에 맺혀 있다. 구석구석 숨어버린 고양이를 찾으며 나도 모르게 알게 되는 공간이 주소를 지니는 것처럼.

사랑하는 것을 부를 때의
나지막한 목소리로

중저음의 목소리를 가지고 있는 나는, 고양이를 부를 때만큼은 고음의 상냥한 목소리를 낸다. 고양이와 놀고 있는 모습을 영상으로 찍어두고 볼 때마다 경악을 금치 않을 수 없었다. 어떻게 이런 목소리가 나오지? 내가 낯설게 느껴진다. 가끔 회사 동료들과 밥을 먹으러 갈 때 우연히 길고양이를 보곤 하는데, 그때마다 갓 태어난 이름 없는 아기의 이름을 부르듯이 "아기야"라고 상냥하게 부르고는 혼자서 머쓱해하기도 한다. 사랑하는 대상을 부를 때는 어쩜 이리도 상냥하고 다정한 목소리가 생기게 되는 것일까.

그러므로 집 안 곳곳에서 "희동아"라고 나지막이 부르는 일이 많다. 밥을 먹어야 할 때라든지, 별안간에 보고 싶은데 눈앞에 없을 때라든지. 희동이는 부르는 소리에 재빨리 오지 않지만, 시차를 두고 나타난다. 확실한 건, 본인의 이름을 알아듣는 것 같다. 가끔 희동이를 혼내야 할 땐 평소 목소리 톤으로 말하게 된다. "나가!", "안 돼!", "혼나!" 등의 짧은 말들을 굵고 낮은 목소리로 말하면 희동이는 그 자리를 떠난다. 하지 말아야 할 일들이라는 것을 각인시켜야 하므로 어쩔 수가 없다. 효과가 있는지 희동이는 크게 말썽을 부리는 일이 없다. 안 되는 것은 정말 안 되는 것이기에 금세 포기하기도 하고, 훈육의 시간이 끝났음을 알리는 따뜻하고 상냥한 목소리로 다시 희동이를 부른다.

"츄르?"

희동이는 길에서 두 달 정도의 짧은 시간을 보내고 내게로 왔다. 친구네 부부가 구조한 고양이었는데, 그 당시 희동이를 소개하길 '당돌하다'라고 했고 나는 그 표현이 무척 마음에 들었다. 그러나 희동이와 지내보면서 느낀 것은, 희동이가 유독 고음역의 사람 목소리에 민감하게 반응한다는 것이었다. 아파트 계단이나 복도를 지나며 사람들이 떠들 때에도, 목소리 톤이 높으면 재빨리 숨는다. 엄마와 스피커폰으로 통화를 할 때도 마찬가지다. 나와 만나지 않았던 그 짧은 시간에 무슨 일이 있었는지 내심 궁금해지는 대목이다.

고양이끼리는 음성언어로 대화하지 않는다. 우리가 간헐적으로 듣게 되는 길고양이의 영역 싸움이나 발정기의 울음소리는 말 그대로 경고나 고통스러움을 표현하는 것이지 그들의 구체적인 언어라고 보기는 어렵다. 따라서 강아지가 짖는 일처럼 고양이가 내는 소리를 듣는 일은 좀처럼 쉽지가 않다. 사람과 함께 적응하며 살아가는 고양이는, 사람들의 음성언어를 본떠 자신의 요구 사항이나 무언가를 전하고자 할 때 소리를 내고는 한다. 희동이는 다른 고양이들에 비해 비교적 가냘프고

높은 톤의 목소리를 가지고 있다. 밥 먹을 때가 되면 일등으로 대답하는 고양이가 된다. 희동이의 목소리가 듣고 싶어서 자주 거짓말을 하곤 한다.

"밥 먹을 사람?"

"야옹!"

"너 사람 아니잖아."

"야옹."

"너 방금 밥 먹었잖아."

"야옹?"

시를 쓸 때 특히 목소리에 관한 이야기를 자주 하게 된다. 시 창작 수업에 들어서면 나는 유독 '목소리'라는 말을 자주 쓰고, 강조하여 말한다. 누구나 목소리가 있고, 목소리를 담을 도구로 시를 선택했으니까, 그 목소리가 더 잘 들렸으면 하는 마음으로 이야기를 한다. 어릴 때 동생은 누구보다 자주 우는 아이였다. 평소에는 거의 말을 하지 않고, 밤만 되면 약속한 것처럼 울었다. 친척 어른들이 이러다 말을 영영 못 하는 게 아니냐고 걱정할 정도였다. 울음소리에서 어떤 말이 들리는 것 같을 때 무척 슬퍼진다. 하지 못한 말들이 울음으로 뭉개져 나올 때가 그렇다. 나는 시를 쓰면서 내가 하지 못했던 말을 하는 듯한 이상한 쾌감을 느꼈다. 억누르고 있었던 것이거나, 때를 놓쳐서 하지 못했다가 영영 잊어버리고 잃어버린 말들. 그런 것을 시에 적는 기분이 들었다. 시가 건네는 은밀한 시간 속에서 나는 고백을 하기 시작했다. 내가 시를 읽으며 누군가의 고백을 덜컥 듣는 것만 같은 느낌을 좋아했던 것처럼, 나도 나에게 해본 적 없는 이야기를 시 앞에서는 서슴없이 할 수 있었다. 누군가는 알아들을 수 있으리라 생각하는 울음소리, 막 슬픔을 떠나온 물방울처럼. 시는 그런 것들을 맺히게 한다. 털어낼 수 있게 한다.

시는 가장 완벽한 혼잣말이기 때문에, 그것과 대화할 수도 있다. 끼어들 수 없는 타인들의 대화가 아니라 내가 기대거나 내게 기대어도 좋을 완전한 혼잣말이니까. 내가 고양이의 이름을 부르고, 원하는 것을 이것저것 묻는 일을 하고 있지만 생각해보면 혼잣말에 가깝다. 가끔 고양이의 대답을 통해 그것이 혼잣말이 아니었음을 깨닫게 되는 안도감을, 시에서도 종종 느낀다. 누군가의 시를 읽을 때 내 목소리를 대신하는 것만 같아서 마음이 움직이는 일처럼. 혹은 나의 시를 누군가가 읽고 잠시나마 나란해질 수 있는 일처럼. 그런 일은 드물기에 귀하고, 문학에 맺혀 있을 때 가능한 어깨동무 같다.

아픈 것을 잘 티 내지 않는 고양이의 특성 때문에라도 앉아 있는 자세나, 잠을 잘 때의 모습을 유심히 본다. 꼬리의 수만 가지 표정으로 고양이가 느끼고 있을 기분이나 감정을 추측하는 것도 마찬가지다. 소리를 내지 않고도 우리는 서로를 알아차릴 수 있어야 한다. 그런 맥락에서 소리를 내는 것은 흐느낌이다. 시인들의 낭독회 객석에 앉아 있으면 어떤 흐느낌을 듣는 것 같다. 당장 해독할 수 없는 목소리를 끌어안고 온종일, 잠들기 전까지 생각

하게 된다. 그것이 내 안에 맺혀 있던 무엇을 털어
주었는지.

침대에 누워 나지막이 희동이의 이름을 부른
다. 어둠 속에서 웅장한 실루엣을 끌고 다니다가
희동이는 곁으로 온다. 그리고 운다. 이제부터 놀
아야 하는데 너는 왜 자느냐고, 투정을 부리듯. 희
동아, 잠깐 소리가 없는 세계에 다녀올게. 희동이
는 인간의 널브러진 발과 다리 사이를 깡충깡충
소리도 없이 건너며, 나를 배웅한다.

전쟁의 시간은 아니겠지만

나와 희동이가 삶에서 만나지 않았던 시간은 약 두 달이다.

태어나서 사회화를 경험하고, 고양이의 기질 같은 것이 결정되는 중요한 시기이기도 하지만 그때는 만나고 있지 않았다. 영영 만나지 않았음을 생각하면 아득해지기도 하지만, 내가 희동이를 만나고 있지 않은 두 달을 하염없이 생각하는 것은 희동이의 걱정스러운 성정 때문이다. 밥을 먹을 때 늘 경계 태세를 지니고 밥을 먹는다. 처음에는 집에 적응하는 과정에서 벌어질 수 있는 일이라고 여겼지만, 늘 작은 소리에도 민감하게 반응하며 먹는 것을 멈추고 주변을 순찰한다. 그래서 우리 집에서는 "희동이 밥 먹는다" 소리만 나오면 모두가 숨을 죽이고 조용히 있다. 물론 이제는 적응을 한 모양인지, 작은 생활 소음에는 거리낌 없이 밥을 먹지만, 현관문 바깥에서 큰 소리가 나거든 줄행랑을 친다. 그래도 식욕을 이기지 못해서 금방 돌아온다. 플라스틱 부메랑처럼.

또 하나는 희동이가 겁이 많아 타인에게 갖는 경계심이 심하다는 것이다. 희동이가 외부인을 감지할 때마다 뚱뚱한 몸으로 좁은 틈의 냉장고 위를 올라간다던가, 한여름 무더운 날씨 속에서도 옷장 신세를 면하지 못할 때마다 가슴이 아프다. 태어나기를 겁이 많은 고양이라고 생각하다가도, 만나지 않던 그 두 달의 시간 속에서 가졌던 생존의 긴장감 같은 것이 몸에 베어 있는 것은 아닐까 싶어지기도 한다.

희동이가 구토를 반복해 병원에서 반나절 정도 입원하며 신세를 진 적이 있었는데, 그때 병원에 갔을 때 희동이가 입원해 있던 투명한 케이지가 강아지 배변판으로 가려져 있었다. 그 모습이 너무 이상하고 웃기기도 해서 여쭤보니, 희동이가 엄청 불안해 하고 낯가림이 심해 가려두었다는 것이었다. 칸칸마다 잠들어 있거나 수액을 맞고 있는 씩씩한 강아지, 고양이들 사이로 사방을 펼쳐 가려둔 흰 기저귀 뒤로 희동이가 씩씩거리는 모습을 보았을 때 코끝이 찡했다. 그 안에서 오줌도 싸는 바람에 배 주변의 털은 노랗게 물들어 있었고, 이 상황이 몹시 못마땅하다는 듯이 분홍색 코를 씰룩거리며 내 손길에 순응했다. 그 뒤로는 병원에 가지 않는 게 최선이겠다는 생각이 들어 건강 관리에 좀 더 신경 썼다. 좋은 약을 먹이고, 좋은 사료만을 먹이는 게 능사가 아닌 것이, 고양이가 병원을 자주 찾는 이유 중 하나는 이물질을 먹었을 때의 증상 때문이었다. 방바닥을 쓸고 닦으며, 고양이의 건강을 빌다가 인중에 땀이 나는 일이 참 많았다. 사람과 더는 친해질 수 없어도 야생의 기억력을 잊었으면 좋겠다고 생각했다.

고등학교 때부터 시를 본격적으로 쓰기 시작했으니, 내가 시를 쓰지 않았던 시간보다 시를 써 온 시간이 훨씬 더 길다. 내 이야기를 해야겠다고 마음 먹었을 때에는, 시를 써온 날들로부터 멀어져야 했다. 문학이 토대를 만들고 부풀어 오를 때면 불가피하게 어떤 유년을 경유해서 오게 되는데, 시를 쓰지 않은 시간 속에서 나는 이미 결정되어 있었다. 손톱을 물어뜯는 일, 기록에 집착하는 일, 많은 물건을 사들이는 일, 삶의 우선순위 같은 것이 성인이 되고 나서 어른답게 결정한 일이 아니라, 이미 어릴 때 결정된 것을 이제야 알아차리는 일이라는 것을, 시를 쓰면서 알게 되었다. 시인들의 첫 시집에는 그런 과정을 볼 수 있어서 좋다. 한 창작자의 토대가 되는 일을 보는 것은 아무래도 경이롭다. 첫 책이라는 토대 위로 자신의 보폭을 쌓아 올리는 모습을 보면, 평소에 좋아하지 않던 작가들도 좋아지게 된다.

　　시가 아니었던 시간의 내가 지금의 시를 쓰

는 나를 결정한다는 일이 애석할 때도 있다. 삶의 최전선에 서 있는 게 지금의 내가 아니라 어린 나라는 사실도. 그때 내가 스스로 선택하거나 결정하지 않고, 숱한 환경에 의해 좌우되었던 요소가 지금의 나에게 체화되어 삶을 지속하는 힘이자, 풀어야 할 숙제이며, 내가 거슬러 올라야 하는 계단이자, 나를 가파르게 떠미는 뒷모습이라는 것이 믿기지 않는다. 인간의 땅에서 생존하기 위해 하나의 발걸음마다 목숨을 걸어야 했던, 나는 모르고 고양이만 아는 시간을 셈하다 보면 그것이 삶 그 자체라고 여겨지기도 한다.

그래도 인간은 그 고양이를 안타깝게 여기고 하얀 기저귀를 펼쳐 불안한 고양이의 눈을 가려준다. 때로는 나 자신이 나를 구원하는 순간도 있는데 유년의 초소에 서서 다가올 삶을 수비하듯이, 그러다 다 잊어버리고 홀로에게 남겨진 이야기를 들어주듯이 살아갈 힘을 준다. 그 지난 시간에 우리가 결정한 것은 아무것도 없었지만, 그 기억을 토대로 이제부터는 결정하고 선택할 수 있다. 어딘가 조금 모자라서 기대어 가고, 나누고, 기다려주면서 야생의 기억을 서서히 잊어가는 것.

함께 지난 우기

내가 한 번도 경험해보지 않은 카테고리에 대해 좋은 첫 기억을 갖기 시작하면, 그때 활짝 열리는 문이 있다. 그 통로를 겁 없이 걸어 나가볼 수도 있게 된다. 물론 그것에 대해 알아가기 시작하면서 그 문은 다시 비좁아지기도 하고 돌아갈 방도가 없어지기도 하지만, 그 두려움을 무릅쓰더라도 계속 알고 싶은 마음과 동행하며 좋았던 기억에 기대어 용감해지는 시간이 있다.

치앙마이에서 맞이한 두 번째 숙소는 시내

와 조금 떨어져 있는 조용한 곳이었다. 편의와 조금 멀어질수록 숙소는 더 섬세하고 아름답게 꾸며진다. 여기저기 놓여 있던 사물들이며 집의 구조가 무척 독특해서 고민 없이 선택했던 숙소였다. 그 당시 우기로 인해 하루에도 몇 번씩 스콜이 쏟아졌다. 하늘이 화가 난 것처럼 세찬 비를 퍼붓고는 다시 화창해지기를 반복했다. 그날도 저녁을 먹으러 갈 채비를 했지만 스콜이 쏟아지는 바람에 발을 동동 구르고 있었다. 숙소 마당에는 울창한 나무들이 우거져 있어서 우산이 없어도 비를 맞지 않았다. 큼직한 이파리 위로 빗방울 떨어지는 소리가 듣기 좋았다. 비가 그치기를 기다리고 있었을 때, 마당의 나무에서 비상한 소리가 나기 시작했다. 수풀을 헤치고 돌아다니는 자객의 소리였달까? 주변이 너무 어두워 소리를 내는 정체를 알지 못해 조금 더 나무 앞으로 다가갔다. 고양이였다. 고양이가 나무에서 내려오지 못하고 비를 쫄딱 맞고 있었다. 나는 너무 초조한 마음이 들어 내려올 수 있도록 무엇이라도 갖다 대야 하는 것일까 생각했지만, 그럴 겨를도 없이 187cm의 내 신장을 빌려주기로 마음먹었다. 그러자 영화의 한 장면처럼, 고양이가 내 어깨를 살포시 밟고는 내려와 아무 일도 없었던 것처럼 그루밍을 시작했다. 나는 그 장면이 너무 경이로워서 아직까지도 그 느낌을 잊지 못한다.

유유히 자기 갈 길을 떠났다고 생각한 그 고양이는 현관문을 떠나지 않고 나를 지긋이 바라보고 있었다. 마치 문 열어주기를 기다리는 것처럼. 그때 내리던 비는 스콜이 아니라 예고된 커다란 비였고, 나는 외출을 포기하고 고양이가 들어올 수 있도록 현관문을 열어주었다. 여행지에서 손님을 맞이할 줄은 몰랐다. 열린 문 사이로 사뿐사뿐 들어와 바닥에 널브러진 내 물건의 체취를 열심히 킁킁거렸다. 고양이는 의외로 거리낌이 없었다. 내 중절모 안에 들어가 몸을 웅크리고 자기도 했으며, 처음 보는 사이가 아닌 것처럼 무릎 위에 올라와 앉아 있기도 했다. 복층 구조였던 숙소의 침실에 올라갔을 때도 따라와 침대 맡에 자리를 잡고

누웠다. 천장이 가까운 침실에서는 빗방울의 소리를 세어볼 수 있을 정도로 빗소리가 선명하고 정확하게 들렸다. 낯선 곳에서 비에 고립되니 조금은 무섭고 따분해지기도 했는데 그날 난생 처음으로 고양이와 동침을 하게 되었다. 다음날 거짓말처럼 맑아진 하늘에 고양이는 먼저 나갈 채비를 했다는 듯이 현관문 앞에서 울기 시작했다. 문을 조금 열어두고 그가 드나들기를 기다리며 고양이와 보낸 하룻밤을 생각했다. 빗속에 있었다고 하기에는 너무나 부드럽고 따뜻한 시간이었다.

내가 나갈 채비를 하면 나의 고양이는 꼭 모퉁이에 서서 얼굴을 비비며 나를 물끄러미 쳐다본다. 그게 꼭 무언가 말하는 것 같아서(가지 말라고 말하는 것 같다고 착각한다) 미소가 무장 해제될 수밖에 없는데, 그 물끄러미 바라보는 얼굴을 치앙마이에서 만난 고양이에게서도 느꼈다. 숙소를 떠나는 날 짐을 다 챙기고 문 앞에 서 있을 때, 고양이는 문턱에 서서 얼굴을 비비며 수줍게 나를 보고 있었다. 인사하러 왔구나. 또 올게! 그리고 숙소 후기를 남기던 날엔 숙소에 대한 이야기는 전혀 쓰지 않고 온통 고양이에게 보낼 편지를 써버리고 말았다.

그냥저냥 고양이 안부

시인이 되고 얼마 되지 않았을 땐 이런 안부 인사를 많이 들었다.

"시는 좀 쓰고 있어?"
"시 열심히 쓰고 있니?"
"작품 발표는 좀 많이 하고 있어?"
"시집은 계약했니?"
"그래서 시집은 언제 나와?"

그때마다 나는 하얗게 얼굴이 질려서는 윗

니 네 개 정도만 보이는 어색한 미소를 짓는 것으로 대답했다. 물론 그들은 내 대답에는 크게 개의치 않았다. 너무 조급해하지 말라고, 다 때가 있는 거라고, 그러니까 늘 열심히 쓰고 있으라는, 마치 누가 정해준 이야기를 해주었기 때문이었다. 그러면 그땐 아랫니 네 개 정도를 더 보여주는 어색한 미소로 대답하며 대화를 끝마쳤다. 축구 선수에게 축구 열심히 하고 있느냐고, 국회의원에게 민심을 잘 돌보고 있느냐고 묻는 게 그리 어색한 일은 아닌데, 그런 인사는 아직도 너무 어색하다. 그것이 잘못된 안부였다는 것은 아니다. 그런 이야기들로부터 느낀 것들도 많았으니까. 하지만 나는 장사가 잘되지 않는 식당의 주인에게 장사는 좀 되느냐고 묻는 것이 망설여지는 것처럼, 함부로 어떤 마음을 조급하게 만들거나 곤란할 것 같은 것을 부러 묻지 않는 사람들을 좋아했다. 그러면 자발적으로 먼저 시 쓰기의 안부에 대해서 말하게 되었다. 내가 생각하기에 좋은 사람들은, 자신의 경우를 이야기로 들려주면서 대답해주는 사람이었다. 마치 꼭 어떤 과정에 놓여 있는 것처럼, 각자 지나는 노선이 있어 그 노선에 대해 면밀하고 상세히 말해주었다. 저도 곧 지나서 가야 할 텐데요. 그들이 살아서 활동하는 것 자체가 지나옴의 흔적이어서 그것을 지켜보는 것만으로도 어떤 안부를 묻거나 듣지 않아도 되는 일이었다. 그 정도의 거리감도 좋았다.

근래에는 고양이의 안부를 묻는 인사가 많아졌다. 희동이는 거기에 대해 대답할 수 없고, 그 안부는 나만 상세히 알고 있기에 분주히 대답을 한다. 고양이에 대한 걱정도 있지만, 고양이를 걱정하는 나에 대한 안부처럼 느껴져서 그 곡진한 안부가 가장 정확할 때가 있었다. 그래서 사람들이 키우는 개나 고양이의 이름을 외우고서는, 그들의 안부까지 물어보고는 한다. 요즘 어디가 아픈지, 밥은 잘 먹는지, 사건 사고는 없었는지, 그런 이야기를 주고받다 보면 인간은 출석하지 않는 털북숭이의 안부로 시간 가는 줄 모르게 된다.

더 나은 안부를 전하기 위해 살고 있다는 생

각을 해본 적 있다. "잘 지내?"하면 무엇을 말해야 할지 모르는 사람이 되고 싶지 않았다. 그 곤경함 속에서 다급하게 꺼내어 보게 되는 최근의 일들이, 내 얼굴에 다녀간 최근의 표정이기도 하다. 그러나 어느 것 하나 선별해 말하지 못하고 얼버무리는 동안에 나는 무심코 대답해버린다. "뭐 그렇지 뭐, 그냥." 그런 구체성 없는 대답을 하고 나면 꼭 바보가 된 것 같다. 말하기 싫어하는 사람처럼 보일까 봐 뒤늦게야 생각한 최근의 일들을 열거하면서 안부를 대신 전하고는 했다.

그러나 좋은 안부를 전해서 좋은 삶을 살고 있는 사람으로 누군가의 기억 저편에 쥐여주면 무엇하나. 어쩌면 나는 진짜로 듣고 싶은 대답을 내게서 들으려고 했던 것인지 모르겠다. 그래서 요즘 나는 어떻게 지내는지, 그런 가볍고 다정하면서도 단순한 안부를 내 스스로 묻고, 오랫동안 대답을 찾았다. 그 대답을 하게 되는 순간마다 단추가 생겼다. 삶의 몇 가닥 매듭 안에 감췄다가 풀 수 있는 그런 단추가.

고양이도 시도 나의 안부를 설명할 수 있는 대단히 중요한 것이 되었다는 것을 부정할 수는 없다. 고양이도 건강해야 나도 건강한 것이고, 시도 잘 되어야 나도 잘 되어가고 있는 것이 분명하기 때문에. 그러나 모든 날을 그렇게 웃는 얼굴로 대답을 할 수는 없기에, 그럼에도 내가 어려운 날들을 극복하기 위해 무엇을 하고 있는지, 사랑의 고단함을 지나려고 어떤 번외의 시간을 만나고 있는지 대답해볼 수 있다면 좋겠다고 생각했다. 어쩌면 진짜 좋은 사랑의 설명은 거기에서 적힐 수도 있으리라 짐작하면서.

친구가 난데없이 빵에 꽂혀서는 전국의 맛있는 빵을 찾으러 다닌다던가, 운동에 심취해서는 운동선수 못지않게 몸 관리를 한다던가, 그 사람을 생각하면 떠오르는 가장 보편적인 테마가 아닌 다른 무언가에 심취해 있는 사람을 보면, 그 사람이 삶을 살아가는 데 필요한 또 다른 방법을 체득한 것 같아서 내심 부럽다. 삶의 테마를 열어젖히는 데는 그것에 골몰하는 방법도 있지만 그것과 완벽히 멀어지는 방법을 아는 것이 중요하기 때문이다. 완벽히 멀어지기 위한 딴짓이 필요한데, 그 딴짓을 잘하는 사람은 결국 자신의 테마로 잘 돌아오기도 한다는 것을 나는 이미 잘 알고 있다. 그게 내게는 여행이었으므로, 여행을 훌쩍 떠나는 것은 긴밀한 나의 오류를 인지하고 있다는 뜻이기도 했다. 안부 대신에 최근에 다녀온 곳에 대해 이야기하거나, 그곳에 대한 인상을 말해주는 것도 좋았다. 그마저도 할 수 없었던 코로나 시절에는 읽었던 책이나 봤던 영화를 대신 말해주기도 했다. 그때 누군가에게서 엿들었던 영화나 책을 많이 베끼기도 했었다.

삶의 안부라는 것은 구체적일수록 좋다는 의견이다. 최근에 맛있었던 음식을 설명할 때, 맛집을 많이 다니고 있다는 안부 말고 무엇이 정말 맛있었는지, 그 안에 어떤 재료가 특히 자신을 사로잡았었는지 말해줄 수 있는 구체성으로부터 삶을 사랑하는 태도가 구현되기 마련이다. 그래서 나는 되도록 나의 행복을, 나의 슬픔을 구체적으로 말해주고 싶다. 이를테면 나의 고양이에게 선택받지 못한 스크래처나 장난감의 목록을 설명해주거나, 고양이에게 선택받아 기뻤던 습식 통조림 이름을 나열하는 것. 아니면, 내가 가장 최근에 사로잡혀 있던 시의 이미지에 대해서. 그리고 끝끝내 쓰지 못하고 있는 것의 실패를 열심히 설명하다 보면 어느새 나에 대한 설명으로 충분하다는 생각이 든다. 먹고사는 일에 있어 사랑하는 것으로부터 관여하게 되는 나의 일화는 매번 같을 리가 없기 때문에 안부에 대해 대답할 땐 '그냥'이나 '똑같다'라는 말을 쓰지 않기로 한다. 그건 스스로에게도 괜찮다고 말하면서 전혀 괜찮지 않은 대답이다.

고양이에 관한 메모 모음

*

가스 점검원의 검침 단말기에 우리 집은
'예민한 고양이 있음'이라는 메모가 적혀 있다.

*

고양이가 발톱으로 레이스 커튼을 딛고 올라
가는 모습이 꼭 태릉선수촌의 선수들이 밧줄 타는
훈련처럼 보여서 그렇게 적어두었더니 "요즘 사람
들은 진천선수촌이라고 해요."라고 속닥거리며 말
해준 사람이 있었다.

*

집에 설치해둔 카메라로 고양이를 감시하듯 본다. 혼자서 지내는 모습이 안쓰럽다고 친구에게 이야기한 적이 있었는데, 친구는 "어쩌면 희동이도 혼자 있어서 좋지 않을까?"라고 이야기해주었고 내내 그 말이 안심이 되었다.

*

집에 있던 몬스테라가 작은 화분을 견디지 못하는 것 같아 분갈이를 하려고 커다란 화분과 넉넉히 배양토를 주문해 도착한 날, 귀신같이 희동이가 몬스테라 화분을 떨어뜨려 깨트렸다.

*

SNS를 통해 친구를 맺은 고양이 계정 중 대부분은 고양이 말투를 흉내낸다.

"밥 먹었다냥!", "너무 귀엽다냥!"

산책하다가 만난 강아지에게 말을 걸면, 주인이 강아지 목소리를 내는 것과 같은 이치인가.

아침에 환기를 하려고 베란다 문을 열어두면 희동이가 그 앞에 자리 잡고 앉는다. 3층이라 화단에 심어진 큰 나무 정수리가 보이는 전망이다. 그곳에 새가 날아들어 앉아 있다가 대뜸 희동이에게 소리를 지르고 날아가는 까마귀가 있다. 마른하늘에 날벼락처럼, 희동이는 까마귀에게 혼이 나고 줄행랑이다.

내가 좋아하는 아침 풍경.

*

희동이가 내 등허리에 올라타 마사지하는 모습을 사진으로 찍었는데, 자세히 보니 옷을 뒤집어 입고 있었다.

고양이 있는 곳에 뜻이 있나니.

*

희동이가 집 안에서 홀연히 사라져도, 이제는 당황하지 않고 찾아낸다. 자동수납 고양이. '숨

숨집(고양이들이 은폐하는 장난감식 공간)' 같은 건 거들떠도 안 보는 대신, 인간의 어지럽고 사나운 살림을 파고드는 것을 매우 좋아한다. 내가 숨고 싶었던 순간마다 자리 잡는다.

*

칫솔에 약간 물을 묻혀 고양이 머리를 빗겨주면, 다른 고양이에게 그루밍을 받는 느낌이라 좋아한다는 이야기를 전해 들었다. 칫솔로 고양이 머리를 조심스럽게 빗기다가 그것이 칫솔임을 알아차리면 물려고 달려든다. 그때 나는 기회다 싶어 칫솔질을 시도한다. 일석이조.

*

희동이는 고음역의 사람 목소리에 긴장감을 느끼는 듯하다. 동생이 가끔 샤워를 하며 기분이 좋아 가성으로 노래를 부를 때, 희동이 귀는 완벽하게 뒤로 접힌다. 옆집 사람들의 목소리, 엄마와 스피커폰으로 통화할 때에도 마찬가지다. 너무 낮은 음역대는 혼을 낼 때 쓰는 목소리이므로 적당한 음정이 필요하다.

그런 세밀함으로 누군가를 부르는 것이 사랑일지도.

*

냉장고 밑에는 옷걸이 하나가 구부러진 채로 놓여 있다. 공놀이를 좋아하는 희동이가 공을 자주 빠뜨리는 곳이라 방지턱처럼 쓰이는 중.

*

사냥 놀이 후에는 꼭 보상을 해주어야 한다. 레이저 같은 형체가 없는 물건으로 놀아주면 고양이는 허망함을 느낀다고 하니, 오늘은 털이 수북이 달린 낚싯대로 열심히 놀아줘야지.

*

희동이가 인덕션 위에 앉아 있으면 이물을 감지한 인덕션이 경고음을 낸다. 집 안 어디에서 그 경고음이 들리면 '희동이가 또 부엌에 샘솟아 있구나'하고 생각하게 된다. 잠금장치가 있는 인덕션 집에 살고 있어 다행이란 생각도 한다.

*

우정을 나누고 있어 기쁜 고양이 친구들의 이름들: 민지, 유월, 사월, 뽀비, 율무, 프린, 연, 랑, 구월, 홍시, 치치, 루다, 하이, 레오, 양송이, 우미, 하나, 해삼, 깨비, 깨수깡, 쏘이, 앙리, 숙희, 남희, 아키, 심바, 푸코, 당주, 헤세, 봉구, 보리, 쌀, 솜이, 봄, 여름, 겨울.

모두 모이자!

난간 위의 고백

보도블록 모서리만 따라 걸으면서 이곳을 절벽이라고 생각하자던 어린 나의 놀이는 그것으로 끝나버렸다. 하지 말아야 할 일들이 쌓여가면서 생활은 단순해졌고, 무척 안전했으며 뒤척일 일이 많아졌다. 비약일 수도 있지만, 시가 걷게 만드는 난간이 좋다. 위험천만함 속에서 고백을 골라내는 그 절박함이 좋다.

파스칼 키냐르는 이렇게 말했다. "내가 고양이를 몹시 좋아하는 이유는 녀석들이 환기창을 좋아하고, 내가 무서워하는 호스를, 파이프를, 관棺

을, 홈을, 절벽을 행복으로 삼기 때문이다."라고.

높은 곳도 주저 없이 뛰어오르는 고양이의 무모함이 어떤 용기처럼 느껴질 때가 있다. 낯선 대상을 침착하게 지켜보고 섣불리 행동하지 않는 고양이의 신중함은 때로는 용수철처럼 튀어 오른다. 내가 주저할 때마다 그런 신중함을 모으고 있다고 생각하면 한결 낫다. 시를 통해 읽게 되는 가드레일 없는 마음의, 그 마음의 끝에, 끝 뒤로는 떨어져봐야만 알 수 있는 세계가 있다는 것이 다행이다. 끝나면 곧장 광고를 보여주는 영상의 세계에서는 만날 수 없기에.

열심히 조립한 캣타워에 오르지 않고, 찢어져 버리려고 하는 상자 속에 들어가는 고양이. 가구 밑에서 나뒹구는 것들을 꺼내와 다시 빛을 보여주기. 세상에 좋은 것은 없고, 자신과 꼭 맞는 게 있다고 알려주는 수만 가지 잠의 표정을 읽다 보면 시가 지금 어떤 난간을 고르고 있는지 생각하게 된다.

무덤덤한 체리

     P는 고양이를 떠나 보내고 한동안 극심한 우울증에 시달렸다. 고양이가 없는 삶을 상상할 수 없다고 말하던 그였기에, 안개 자욱한 그 시간을 무사히 지나길 바랄 뿐이었다. 언젠가 그에게 위로랍시고 엽서를 써서 건넸는데, P가 내가 적은 문장 중 "기억하는 동안 고양이가 지내는 울타리가 조금씩 넓어진다면?"이라는 물음이 좋았다고 했다. 그렇게 울상의 얼굴로 좋았다고 말하니 거짓말 같았다. 함께 기억하고, 함께 추억하자는 말을 덧붙였지만 어쩐지 P 앞에서는 고양이 이야기를 함부

로 꺼낼 수가 없었다.

누군가의 죽음을 모르는 척해온 일은 죽음이 풍기는 무거운 분위기뿐만 아니라 준비되지 않은 여러 마음을 한꺼번에 찌를 수 있기 때문이었다. 쉬쉬하고, 숨죽이면서 끝내 타자의 부재를 에돌아서 화기애애하게 끝나는 분위기. 총알이 지나간 흔적을 여전히 아릿하게 기억하고 있는 패잔병처럼, P는 한참을 떠들썩하게 웃다가도 자주 시무룩한 얼굴이었다.

P가 서랍에서 꺼낸 것은 고양이 털로 빚은 공이었는데, 탁구공만 한 것도 있었고 구슬처럼 작은 것도 있었다. 까만 고양이가 남기고 간 공은 모두 검정이었기에 꽤 근사하고 따뜻해 보이는 털실처럼 보이기도 했다. P는 고양이가 떠나간 뒤로 고양이에 대해 이야기하는 것이 무척 두렵다고 했다. 조심스러운 것은 함부로 울게 되거나 기분이 저조해질까 봐, 혹은 그게 누군가에게 드리울까 봐 그렇다는 것이었다. P에게 고양이의 귀여웠던 점을

이야기해달라고 했던가. "천국에 가면 정말 반려 동물들이 마중을 나올까?" 누군가의 그런 시시한 농담에도, "천국에 장롱이 있다면 그 안에 숨어 있을 거야, 내가 나타날 때쯤엔 그곳에서 빠져나오면 좋겠는데." 하고 다시 시무룩해졌다. 어떤 농담도 P에게는 진실의 화살로 꽂혔다.

혼자서 매듭짓지 못한 마음인지라, 그것은 자주 다른 대상으로 옮겨가기도 했다. P가 밥을 챙겨주는 길고양이가 하나둘 늘어났고, 그때마다 정을 붙이지 않으려고, 일부러 불규칙적으로 나타났다 사라지기도 했다. 이름 같은 것은 붙여주지 않았으며(평소에는 자신이 산 물건에 이름을 곧잘 붙이는 성향이었지만) 그런 일들을 누군가에게 말해주지도 않았다. 자신이 하는 일에 대해서 자주 의심하기도 했으며, 어느 날에는 밥을 주던 길고양이가 나타나지 않았을 때의 상실감에 대해서도 미리 두려워하고 있었다.

P에게 가끔 집에 놀러 가서 찍었던 고양이 사

진을 보내주면서, 정말 앙칼진 눈빛 아니니? 라고 아무렇지도 않게 메시지를 보냈다. 우스꽝스러운 자세로 잠들어 있거나 체리 자수가 놓인 목걸이가 털에 파묻혀 있는 모습들도 이따금 보내주면서, 귀여움을 함께 떠올렸다. P는 자주 고양이가 어디에 있는 것만 같고, 어딘가에 맡기고 왔다고 생각하고 싶다고 했다. 집에만 있었으니 이제는 돌아다닐 곳도, 숨을 곳도 더 많아 어쩌면 바빠져 있을지도 모른다고 이야기했다. 우리는 그렇게 조금씩 죽은 고양이에 대해 이야기하는 것이 아니라, '기억하는 동안 함께하는 고양이'에 대해 이야기했다.

죽음의 불가피함 속에서 사람이 할 수 있는 것은 애도하는 일이다. 애도의 방식도, 애도가 갖춰야 할 자세도 저마다 조금씩 다르지만, 함께 기억할 수 있다는 일이 그 어려운 일을 조금 수월하게 만들 수도 있다는 것이다. 가끔 친구들이 나의 고양이가 어렸을 때의 사진을 보내주면 나조차도 가지고 있지 않던 사진이라 생경하기만 한데, 그럴 때마다 더욱 열심히 친구들이 키우는 동물 사진을 찍어둔다. 그리고 보여주지 않는다.

P와 고양이는 어떻게든 연결되어 있을 것만 같다고, 미국산 체리를 한아름 사가지고 찾아가 그런 이야기를 했다. 고양이가 마지막까지 차고 있던 체리 모양 목걸이의 체리는 새카맣게 바래 꼭 미국산 체리처럼 거무튀튀한 빛깔이었지. 깔깔 웃으면서 P와 대화할 때마다 테이블 위에, 식탁 의자에, 재떨이 앞에다가 고양이 이야기를 두었다. 그러다 가끔은 고양이 이야기를 전혀 하지 않기도 했고, 이야기의 모양에 따라 고양이 이야기를 덧붙이기도 했다.

시인들이 자신의 반려견에 대해 쓴 시를 엮는 앤솔러지 작업에 참여했을 때가 생각이 났다. 나에게는 지금 키우는 강아지가 없지만, 청탁이 왔을 때 꼭 쓰고 싶었다. 오래전 헤어진 요크셔테리어 '행복이'에 대한 이야기를 하고 싶었기 때문이다. 생각해보면 나는 13살의 미성으로 행복이의 이름을 불러본 것이 전부다. 그 이후로, 성인이 되어서, 시의 언어를 간직하면서는 한 번도 불러본 적이 없다. 지금의 내 목소리로 행복이를 다시 불러보게 된다면 좋겠다는 생각이 들었다. 출판사에서는 함께 찍은 사진도 함께 첨부해달라고 하였는데, 내가 간직하고 있는 사진은 딱 두 장뿐이었다. 하나는 컴퓨터 캠으로 찍었던 저화질의 사진 한 장, 다른 한 장은 엄마의 휴대전화로 찍은 사진 한 장. 어려서 눈 코 입도 제대로 보이지 않는 행복이를 안고 컴퓨터 앞에 웅크리고 찍은 우스꽝스러운 사진을 보냈다. 집 인테리어 공사로 잠깐 이모 집에 가 있을 때 찍은 사진이었는데. 하두리 로고와 캠 특유의 노이즈, 너무나도 앳된 강아지와 내 모습이 웃겼는지 책이 나오고 나서 많은 사람들에게 연락을 받았다. 어릴 적 외모에 대한 농담이 반이었지만 그렇게라도 행복이와의 추억이 미소 속에 묻힐 수 있다면 좋겠다고 생각했다. 행복이와 추억이 있는 엄마도, 동생도 모두 사진과 함께 실린 시를 읽고, 보면서 한 번 더 추억했다. 행복이가 계속 꿈에 나오고, 그럴 때마다 나는 행복이가 살아 있다는 사실에 안도하면서 깼다. 그 실망감은 이루 말할 수 없이 절망적이기도 했는데, 꾸면 꿀수록 적응되지 않는 이 꿈을 악몽이라고 부르고 싶지 않았다. 어쩌면 계속 만나길 바랐으니까. 고양이를 키우게 되면서도 행복이를 절대 잊어버려서는 안 된다고 생각했는데, 언젠가 두 친구가 우정을 나눌 수 있다면 좋겠다고 내심 바랐다.

어떤 애도는 끝나지 않음으로써 그 양식을 완성하기도 한다. 마지막까지 제출되지 않으며 기억에 의해 보전된다. 믿음과 연결 속에서 함께 실감했던 시간을 저장하고, 살아낼 시간에 대해 남겨진 사람이 힘을 내어 그 몫을 다하는 것이 애도가 주는 작은 은총이다. P는 이제 고양이 이야기를 거의 하지 않는다. 나의 고양이 안부를 물을 때에도, 자신이 아는 고양이 간식이나 사료 이름이 나와도 덥석 슬퍼하지 않는다. 수확한 지 조금 오래되어 싼 값에 팔리고 있던 체리를 자주 사먹을 때마다 체리의 맛이 무덤덤하다고 생각했다.

　　무덤덤한 체리는 P가 키우던 고양이와도 너무나 잘 어울리는 별명이다. 그렇게 애도하는 마음이 익어가도 좋겠다.

비어 있는 풍경

　　고양이를 키우며 사라진 한 가지가 있다면, 그것은 오래전에 내가 키웠던 강아지 '행복'이가 더는 꿈에 나타나지 않는다는 것이다. 꿈에 나타났을 땐, 촉촉한 코에 분홍색 혀를 길게 내밀고 뛰어오곤 했다. 우리는 여느 때와 같이 산책을 하고, 웅크린 몸에 서로 기대어 낮잠을 잤는데. 꿈을 너무 많이 꿔서 익숙해진 나는 행복이가 꿈에 나타나면 꿈에서라도 실컷 즐기고 싶다는 마음을 굳게 먹고 함께 흐릿한 풍경을 헐떡이며 뛰놀곤 했다.

　　신기하게도 고양이를 키우면서 행복이 꿈

을 꾸지 않게 되었다. 이름 덕분에 나는 '행복'이라는 단어를 누구보다 많이 말했던 아이였다. 이제와 행복이란 무엇일까 헤아려보면 잘 모르겠지만 꿈에서라도 만날 수 있는 그리움까지도 행복의 눈금 안에 있다는 것만은 확실하다. 내 사랑이 온전히 지금 함께 살고 있는 고양이에게로 전해지면서 그 그리움의 맥박이 서서히 느려져 꿈에 나타나지 않는 것일 수도 있겠지만. 나는 행복이가 고양이 몫으로 다할 나의 사랑을 존중해주고 있다는 생각이 든다.

학교 다닐 땐 너무 내성적인 나머지 낯선 환경에서는 더 없이 혼자가 되는 쪽을 선택했다. 학교에서 아무도 모르는, 그래서 나만 당도할 수 있는 공간이나 닫힌 척 열려 있는 문 안에는 언제나 내가 있었다. 전국 각지의 백일장을 다닐 때에도 마찬가지였다. 혼자서 밥 먹는 일도 퍽 어색하게 느껴져 삼각김밥을 사서 화장실에 들어가 앉아 먹기도 했다. 어디 바깥에라도 앉아 혼자 먹었어도 좋았겠지만, 혼자 있는 사실을 들키고 싶어하지 않았따. 조금 비참한 기색이 느껴질 때면 나는 무엇이 좋아서 여기에 있는 것일까, 개수대 앞에서 깨끗하게 손을 씻고 시나 소설을 쓴다는 학생들과 강당에 앉아 이름을 불러주는 시상식까지 초조한 마음으로 기다렸다가 왔다. 이상하게도 아무런 성과 없이 빈 손으로 돌아올 때에도 좋았다. 그때부터 혼자라는 감각에 더 예민해지고 꼭 필요한 순간이 되어가고 있었다.

시를 알려주는 사람이 없었지만, 인터넷 카페에서 주워들은 바로는 사랑이나 행복 같은 관념적인 단어를 시어로 직접 쓰면 안 된다고 했다. 교과서에 실린 시는 전쟁 중에도 사랑과 행복 타령이던데…… 그 때문인지 사랑은 점점 낯설고 어색한 말이 되었다. 사랑한다는 말도 해본 적이 없고, 행복 같은 것은 인간들이 삶을 영위하기 위해 감정을 이상적으로 구속해놓은 것에 불과하다고 믿는 염세적인 학생이었다. 그런 내가 사랑한다는 말을 남발한 것은 강아지를 키우면서부터였다.

사랑이라는 말로도 부족해서, 그 사랑을 구체적으로 쪼개고 세밀하게 들여다본다. 사랑이 포괄적으로 수행하는 감정이나 행위 외에도 다른 얼굴을 가진 마음 형태를 수반하고 있다는 것을 배우고 있으므로. 누군가 말하지 않는 방식으로 사랑을 말해볼 수 있겠다는 미지의 가능성이, 내 문학을 오랫동안 견인해왔다.

중성화 수술을 하기 위해 고양이를 병원에 맡기고 돌아오던 날, 점심으로 간단히 떼울 샌드위치를 샀다. 무거운 케이지를 병원에 두고 와 홀가분한 느낌까지 들었다. 집에 들어선 풍경을 보기 전까지는. 고양이가 없는 집은 키우고서 처음 있는 일이라 무척 어색하게 느껴졌다. 내 집인데도 손님처럼 주춤거렸다. 반쯤 비어 있는 물그릇, 부스러기만 남은 사료 그릇, 어젯밤까지 물고 놀았던 캣닢 쿠션과 해진 장난감이 눈에 선하게 들어왔다. 먹으려고 사온 샌드위치가 입에 들어가질 않아 반쯤 먹고는, 난데없이 청소를 시작했다. 주책이야.

홀로 중얼거리며 고양이의 그릇들을 열탕하여 씻고, 집 안 구석구석 먼지 한 톨 보이지 않도록 했던, 기억에 남는 청소였다. '고양이가 다시 집으로 돌아왔을 때, 더 살기 좋은 곳이면 좋겠다'하고는, 닿을 수 없어 가지 못하는 냉장고 위나 장롱 속, 침대 밑까지 구석구석 닦았다.

　이제 더는 혼자가 아니구나. 빈자리가 생긴 구석구석을 누비며 홀로 생각했다. 식탁에는 모서리가 바짝 말라버린, 먹다만 햄치즈샌드위치 반조각이 놓여 있었다.

괄호 나누기

시를 함께 읽고 이야기를 나누는 자리에서, 종종 난감한 상황이 있다. 시를 읽고 정답을 맞히 듯이 의미를 찾고 해석하려고 할 때가 그렇다. 교 과서에 수록된 시의 단어마다 형광펜으로 밑줄을 긋고 그 밑에 '조국', '광복' 같은 단어를 밀어 넣으 며 적은 뜻을 영원처럼 이해하고 외우던 시간들이 생각난다. 얼마 전에는 한 익명의 독자에게 다음과 같은 SNS 메시지를 받았다.

"안녕하세요, 시인님! 저는 시인님의

시 중에 「○○○○○」을 정말 좋
아하는데, 혹시 이 시를 어떻게 쓰시
게 되었나요? 어떤 의미를 담으려고
하셨는지 궁금해요."

나는 이따금씩 이런 종류의 메시지를 받을
때마다 명쾌한 척 대답을 했다. 사실 어떤 친절함
을 선보이기 위해서 정작 나 자신도 잘 모르는 대
답을 지어내기도 했던 것 같은데, 어느 순간 내가
나의 창작물을 명쾌하게 설명할 수 있다는 일이
이상하게 느껴졌고, 그게 작품의 생명력을 앗아가
는 일인지도 모르겠다고 느끼며 대답을 하지 않았
다. 그 메시지에는 대답을 하지 못하는 것으로 대
답했다.

읽지 않음

얼마 전 수업에서는 합평 도중 자신의 시를
열심히 변호하는 수강생의 이야기를 들으며, '이렇

게 사람들에게 닿지 않은 시의 의미를 말로 설명해야 하는 일이었다면 정말 시가 필요했을까?'라고 속으로 생각만 했다. 당장 내 시가 잘 읽히지 않는 듯하여 속상하고 억울한 마음이 드는 것도 잘 알겠고, 지나치게 단어마다 의미를 가두고 꼭 그 의미여야 한다는 듯한 설명이 앞으로도 좋지 않을 것 같아 조심스럽게 우회하여 이야기하기도 했다. 독자들이 자기 나름대로 해석한 의미가 창작자의 의도와 달라질 때마다 시는 목숨을 한 개씩 더 얻는 것만 같다. 본질적인 시의 의미를 왜곡하거나 곡해하지 않는 이상, 다양한 해석에 따라 시는 더 멀리 갈 수도 있기 때문이다. 이런 점에서 어쩌면 나는 시를 내버려 두는 쪽의 감상을 더 선호하는 듯하다. 의미를 짐작하고, 그 의미가 맞아떨어졌을 때의 쾌감 같은 것. 장학퀴즈의 마지막 단계에서 홀로 살아남는 것만 같은 그 만족감은, 시와는 그다지 어울리지 않는다. 적어도 시만큼은 버저를 누르고, 정답을 빠르게 외치는 사람에게 돌아가는 것이 아니라 자신 안에 시를 끝까지 맴돌게 하는 사람의 것임을, 나는 온몸으로 익혔다.

　　그럼에도 내재된 의미나 뜻이 궁금하여 참을 수 없는 것이 있다면 고양이 속이다. 고양이 속을 알고 싶어 전전긍긍해도 고양이는 보여주거나 말하지 않는다. 고양이는 자신의 아픔을 숨기기 위해 아플 때 깊숙한 곳에 몸을 숨긴다. 기분이 좋을 때에도 골골송을 부르지만, 자신이 고통을 느낄 때에도 그것을 이겨내기 위해 골골송을 부르니 고개를 먼저 갸우뚱하는 것은 바로 나다.(회사에서도 가끔 동료들의 끙끙거리는 소리가 들리면, 그것을 골골송이라고 생각한다. 조금 웃음이 나게 된다)
　　고양이가 밥을 먹고 자신의 몸을 열심히 그루밍하고 있을 때, 그루밍을 과도하게 해도 좋지 않다는 말을 들어서인지 평소보다 몸을 더 핥는 것만 같다. 정작 혼자서 잘 지내고 있는데도 불안한 것은 내 안에 내재되어 있는 근심과 걱정의 씨앗이 발아하기 때문이다. 나의 조바심으로부터 고양이를 더 내밀하게 들여다보려고 한다거나, 귀찮게 하는 순간이 찾아올 때마다 고양이는 귀신같이 눈치채고 멀리 달아나 앉는다. 서로 손에 닿지 않지만, 바라봐줄 수 있는 쪽에 벌어져 서서는, 그 거리감을 유지한다. 무릎 위에 올라타거나 놀아달라고 옷소매를 입으로 물고 당기지 않는다. 그런 거리감이 익숙한 것은, 내가 의미를 찾는 대신 거닐게 되는 시 안에서의 거리감을 좋아하기 때문이다.

"너의 고양이는 혹시 개냥이니?" 이런 무례한 질문을 받을 때마다, "우리 고양이는 고양이 그 자체야!"라고 대답을 한다. 고양이를 강아지처럼 여기고 싶어 하는 인간의 손쉬운 마음이 마음에 들지 않고 얄밉기 때문에 잠깐 퉁명스러워진다. 꼭 시가 내가 원하는 의미대로 적혀 있길 바라면서 그 의도를 묻는 일과 같다. 정답을 맞춘다고 한들 그 시가 정말 온전히 나를 관통하게 되는 걸까. 어쩌면 내가 단숨에 정의 내린 대답으로 그 시의 출구가 닫혀 영영 문을 열어주지 않는다면, 그 작품을 영원히 갖게 된 것이 아니라 영원히 잃어버리는 일이 아닐까 생각하고. 함께 시를 읽는 자리에서 그런 가능성을 언제나 열어두는 편이다.

국정농단으로 세상이 시끄러웠던 2017년 무렵에 발표한 시가 있었는데, 한 평론가가 시에 등장하는 '수첩', '심부름' 같은 시어로 인해 그 시를 '국정농단을 비판하는 시'라고 해석한 비평을 보게 되었다. 나는 정말로 그런 의미를 지니고 쓴 적이 없었기에 웃음이 났지만, 어떤 시대가 시를 그렇게 바라보게 하기도 한다고, 꺾어보지 않은 고개의 각도를 가진 기분이 들어 좋았다. 한 방향에서 여러 방향으로 견고한 석고상의 목을 꺾는 일과도 같았다. 그렇게 나의 창작 의도와는 상관없이 시가 새롭게 읽히고, 읽히는 와중에 더 넓어지는 일을 목격할 때마다 시를 더 내버려 두고 싶다. '그런 의미가 아니에요!' 하고 나서는 마음을 잠재우고. 고양이의 속마음을 알고 싶다면 그 고양이를 최대한 내버려 두는 것이 첫 번째 순서다. 가까이서 지켜보고, 쓰다듬으려고 마음을 먹자마자 고양이는 그걸 알아차리고는 멀리 달아난다. 너와 나, 그 사이의 거리 안에서 조성되는 빈 괄호만큼이 우리의 미래다. 시가 더 나아갈 수 있는 보폭이자 우리가 담길 수 있는 여백의 말풍선이다.

두려움

아니 에르노의 소설 『단순한 열정』을 읽었을 때 겪었던 어떤 격정적인 두려움은 사랑의 또 다른 말이었다. 사랑할 때 느끼는 알 수 없는 두려움은, 사랑하는 동안 각오해야 하는 일이기에 무언가에 마음 주는 일마저도 머뭇거리게 된다. 좋아하는 것을 말할 때 느끼는 기쁨과 벅참, 이루 말할 수 없는 희열 같은 것도 있지만, 그 토대에는 불안과 초조함이 점철되어 있다. 누군가를 있는 힘껏 좋아할 때, 편지지를 다 쓰고도 모자랄 정도로 전하고 싶은 마음이 넘쳐날 때에도 좋아하는 누군가가 내 삶에서 빠져나갔을 때를 상상하면 혼자서 억장이 무너지곤 했다. 좋아할 수 있을 때 실컷 좋아하자는 마음가짐과 다르게 그 영원함이 이제는 있을 수 없다는 것을 알아서인지 언제나 두려움을 동반하게 되었다. 그것이 좋아하는 마음을 구성한다.

친구는 집 근처에 자주 찾아오는 고양이에게 밥을 주곤 했는데, 겨울 추위를 이기지 못하고 쓴 선심이 몇 년째 계속되고 있었다. 집에 데려다가 키울 형편은 되지 못해서, 늘 외투를 걸쳐 입고 고양이를 만나고 오는 그 짧은 시간에 기대어 고양이와 미묘한 공존을 하였다. 어느 날부터인가 밥을 주던 고양이가 보이지 않아 애가 탄다는 이야기를 전해 들었는데, 거리의 고양이가 두문불출하더라도, 고양이가 지닌 루틴을 미루어 봤을 때 나타나지 않는다는 것은 신변에 문제가 생겼을 수도 있다는 것을 의미했다. 친구는 고양이가 밥을 먹으러 온 경로를 샅샅이 뒤졌지만 결국 찾지 못했다. 고양이의 죽음보다 더 허망하게 고양이를 잊었다.

사랑이 빠져나간 뒤로 다시는 사랑하지 않을 거라고 다짐하는 실연의 주인공처럼, 친구도 다시는 고양이에게 밥을 주지 않겠다고 다짐했다. 사랑 뒤에 드리우는 길은 늘 축축하고 혼곤하다.

시를 쓰면서 만나게 된 인연들 모두 쓰는 일로 엮여 때로는 가깝게, 때로는 멀게 이어진 채로 살아가게 된다. 특히 수업에서 만난 사람들은, 더 각별한 느낌이 든다. 홀로 시를 써오는 동안에 버텨냈던 어둠을 최대한 끌어와 켜서 잠깐 모였을 때 반짝이는 사람들의 눈빛을 보면 그렇다. 꼬마 전구처럼 아슬아슬하게 빛나지만 모여 있을 때 더 환하다. "시를 쓰는 동안에 우리는 계속 만나고 있을 거예요." 그런 이야기를 자주 해서인지 수업 이외에 다른 자리에서 만난 사람들은 자신의 죄를 고백하듯이 수줍게 "요즘 시를 못 쓰고 있다."라고 이야기한다. 나는 누군가를 꾸짖고 혼낸 사람이 되곤 하는데, 그것은 어떤 열정을 나눴던 사람에 대한 예의처럼 느껴지곤 한다. 너무 좋아하면 갑자기 미안할 수도 있지. 화가 나기도 하고, 좋아하지 않으려고 다짐했다가도 더 깊게 발이 빠져버리는 것이 사랑의 속임수다.

　　사랑의 속임수에도 자주 걸려 넘어지게 되는 이 두려움은 고양이를 키우면서도 이따금 느낀다. 고양이를 찾는 전단지를 볼 때마다 마음이 철렁 내려앉는다. 집 밖에는 거의 나가본 적 없는 고양이를, 집 밖의 세계에서 위치를 가늠해야 한다면 막막하고 절망적일 것이다.

모래갈이

가로와 세로 길이가 각각 60㎝가 넘는 거대한 고양이 화장실은 모래로 가득하다. 모래가 있는 집에서 살 줄 꿈에도 몰랐다. 크기도 제법 커서 우리 집 가구 중에서 눈에 띄는 것 중에 하나다. 화장실 안에는 대략 15~20㎏의 모래가 들어 있으며, 모래가 줄어들 때마다 부어 채우고 한 달 주기로 모래 전체를 갈아엎는다. '모래갈이'로 불리는 소일거리가 생긴 이후로, 나는 내 자신이 은근히 이 일을 좋아하고 있다는 것을 깨달았다. 삽으로 모래를 모두 퍼낸 다음 몸집만 한 고양이 화장실을 들고 나의 화장실로 들어선다. 베이킹소다를 여기저기 흩뿌린 다음 수세미로 열심히 문지르고 따뜻한 물로 헹구는 간단한 일이지만, 혼자서 하기에는 조금 버겁다. 그럼에도 언제부터인가 청소를 하면서, 형용할 수 없는 마음의 어수선함이 정리되는 느낌을 받게 되었다. 그 후로 청소에 중독된 사람처럼, 조금이라도 심난한 마음이 들면 청소를 했다. 물티슈를 뽑아 바닥을 닦거나, 난데없이 서랍을 열어 정리하고는 했으니까. 그중에서 가장 뿌듯한 일은 아무래도 고양이 화장실의 모래갈이다. 정리된 화장실에서 고양이가 용변을 보고 나오면 보람차다. 발로 모래를 긁어 덮는 소리는 어쩐지 안정감이 느껴지기도 한다.

　　문제는 새 모래로 교체할 때, 기존 모래를 함께 섞어야 고양이가 혼돈을 겪지 않고 금세 적응할 수 있다는 것이었다. 새 모래에 오래된 모래를 섞는 일이 석연찮지만, 자신의 냄새가 모두 사라져버리는 것만큼 고양이에게 끔찍한 일은 또 없을 것이기에 그 일을 꼭 빼먹지 않는다. 모래 종류를 이리저리 바꾸는 변덕스러운 집사였던 초보 시절에는, 고양이가 새 화장실에 적응하지 못해서 이불에 실수한 적이 딱 한 번 있었다. 키를 머리에 쓰고 소금을 받으러 가는 고양이 꿈을 꾸다가 웃으며 일어난 적도 있었다.

나는 이따금 '나를 은폐하면서도 내가 오롯이 딛고 서 있는 나만의 구역이라는 게 있을까?'라는 생각을 하곤 했다. 고양이에게 모래는 자신의 흔적을 은폐하는 일임과 동시에 자신의 철저한 영역이 되기도 한다. 모래를 갈아엎는 그 대대적인 순간에 물론 시가 내게 그런 역할일 수도 있겠지만, 내게 모래와 같은 작업은 블로그를 쓰는 것이다.

언젠가, 블로그가 자신의 삶을 전시하는 일처럼 느껴져서 한동안 어떤 게시물도 올리지 않을 때가 있었다. 블로그는 다른 SNS에 비해 게시물이 요란하게 노출되지도 않고, 부러 누군가가 찾아와야만 볼 수 있다는 점에서(엉뚱한 검색어 유입으로 들어오는 것을 제외하고는) 안심이 되었다. 무언가를 아주 솔직히 적고 어떤 날의 일상을 사진 찍어 올리며 내가 실감하고 있던 시간들을 정리하는 게 좋았다. 시간 가는 줄 모르고 지냈어도, 꼭 블로그에 일과를 담는 날에는 내가 무엇을 생각하고 깨달았었는지 돌아볼 수 있어 좋았다. 그건 공개가 되는 동시에 은폐가 되는 일이기도 했다. 내 몸 밖으로 그 단상들을 꺼냄과 동시에 내 깊숙한 곳에 저장되었기 때문이다.

약 10년간 블로그를 운영하다 보니 이제 나의 검색 엔진은 블로그가 먼저다. 예전에 갔던 식당 이름이나 제목이 기억나지 않는 책 구절을 검색하면 손쉽게 나온다. 나에게 오랫동안 맺혀 있는 단어들을 넣어보기도 한다. 안부, 편지, 사랑, 우정, 벼랑, 어둠, 희망…… 추상적인 단어들이 어느 날 어떻게 구체적으로 만들어졌다 사라졌는지, 블로그를 보면 모두 알 수 있다. 이렇게 고양이 화장실 모래에 블로그를 빗대게 됨으로써 나는 생각을 배설하는 인간이 되었을지도 모르겠다. 좋아하는 것을 말할 때

첫 시집 『어느 누구의 모든 동생』에 수록된 「유니크」라는 시 중에는 이런 구절이 있다. "**들켜서도 안 되고 영영 잊혀서는 더더욱 곤란한 / (…) / 나 여기에 숨어 있어 숨기고 싶지만 조금은 알려 주고 싶은 이상한 기분**" 그 오묘한 마음에 금세 뒤집히고, 느닷없이 사라지고, 또 홀연히 나타나기도 했었다. 고양이 화장실만 한 마음이었을지도 모르겠다. 어쩌면 작고 발 디딜 틈 없는, 어쩌면 존재의 측면에서 무척이나 중요하기도 한 자기 증명일지도.

집에 몇십 킬로의 모래가 있다는 것이 아직도 믿기지 않는다. 모래를 말하면 파도가 일렁이는 백사장을 그리곤 했었는데, 이제는 상상의 회로가 조금 달라졌다. 화장실에서 볼일을 보고 나온 고양이가 흩뿌린 모래를 집사들 사이에선 '사막화'라고 불린다. 사막이 되어가는 화장실 주변을 기어 다니며 물티슈로 열심히 사막화를 방지하고 있는 나는 컴퓨터 앞에 앉아 차근차근, 내가 실감했던 일들을 블로그에 적어 올린다. 은폐하는 것과 동시에 각인되어 나타나기도 하는 진실들이 나를 내 삶의 목격자로 만든다. 그 증언들 가운데 쉽사리 납득되지 않는 것들은 시의 단두대에 올라서고, 바깥에는 새 모래가 마음에 들었는지 모래를 긁는 소리가 경쾌하다. 리듬.

벽난로 속에서

굴껍질을 닮은 조명의 전구색이 사방으로 퍼
져 있던 저녁에, 나는 고양이 이야기를 하는 행사
장에 있었다. 그 공간은 친구가 새롭게 문 연 곳이
었다. 친구는 작지만 단정한 안목으로 공간을 꾸
미고 사람들을 맞이했다. 원목 테이블 위에는 오
렌지색 종이에 출력된 나의 원고 두 편과 조그마
한 굴 한 알이 각자의 자리에 놓여 있었다. 난로 위
에서는 팥차가 끓고 있었고, 사람들은 각자의 외투
를 의자에 걸쳐 놓고, 어색한 침묵을 조용히 견디
고 있었다. 그 모습이 바깥에선 꼭 벽난로처럼 보

였다. 조금 더 먼 곳에서 이쪽을 들여다봐도 꼬마 전구처럼 빛나고 있을 모습. 바깥 공기를 마시며 사람들을 기다리다가 그 풍경을 귀엽게 여겼다. 고양이를 데려올 수 없지만, 고양이 없이도 씩씩하게 걸어와 고양이 이야기를 할 다가올 미래까지도.

너무 좋아하는 것에 대해 말할 때는 오히려 말을 아끼게 되거나, 허겁지겁 두서없이 말하게 된다. 맨 처음 '고양이와 시'에 대해 써야 할 때가 그랬다. 정직하게 좋아하는 내 마음을 망치고 싶지 않았다. 어쩌면 하지 않는 이야기로 더 오래 남을 수 있으니까 말이다. 그러나 언젠가부터 쏜살같이 달려가는 시간을 쫓을 수 없을 때, 시간이 무자비하게 흐르고 무릎에 손을 짚으며 숨을 고르고 있을 때, 다가오는 것들을 마주하고 품 안에서 사랑해야겠다고 다짐한 적 있었다. 공간을 열고 우리를 맞아준 친구는 내게 그런 일을 일러준 사람 중 하나였다. '나중에', '이따가'를 말버릇처럼 말하며 순간을 지연시켜온 내게, 친구는 사랑을 실천하는 사람이었다.

난로 위에서 끓어가는 팥차와 옹기종기 모여 앉은 열 사람은 겨울에 꼭 필요한 이야기 장작을 꺼내어 놓았고, 우리의 불씨는 시계 방향으로, 누구 먼저라고 할 것 없이 조곤조곤 이야기를 내뱉는 것으로 조금씩 따뜻해져 갔다. 고양이를 지금 키우고 있는 사람, 키웠던 사람, 강아지를 키우는 사람, 고양이와 고양이를 키우는 사람이 궁금한 사람까지 모여앉아서 시간 가는 줄 모르고 이야기했다. 나는 밤새 사람들에게 줄 엽서를 써서 가져왔는데 그 엽서에는 우리가 보낸 좋은 시간에 대한 내용이 적혀 있었다. 분명 '좋은 시간'이라고 확신했던 것은 좋아하는 것이 엇비슷할 때, 그것을 서로 맞대었을 때 좋았던 적이 많았기 때문이었을까. 나는 나의 고양이가 내 배 위에 앉아 무너질 것 같은 책장을 들여다보는 사진 엽서에 성탄절 인사를 적어 함께 프린트 했고, 나고야 여행 중 무심코 찍은 들판의 꽃 엽서도 함께 동봉했다. 질서도 없이 무자비하게 피어나서, 보는 사람을 숨 고르게 하는 그 결기가 좋아서 골라 만든 것이었다.

친구에게도 엽서를 썼다. 새 공간의 주소를 간직하게 된 친구와 친구의 가장 소중한 강아지 '복이'의 이름을 함께 적었다. 나란히 있으면 더 다정한 이름들. 택시를 타고 집에 돌아오는 길에, 한 번도 만난 적 없는 고양이 이름을 천천히 불러보았다. 차창에 입김으로 도화지를 만들고, 떠오르는 이름들을 적고, 귀여운 고양이 얼굴을 그려 넣고, 손으로 닦아 지우면 창밖이 더 선명하게 보였다.

사람들에게, 오늘의 이야기를 이 책의 마지막 원고로 적을 거라 약속하고 돌아왔다. 더 근사하고 훌륭한 이야기가 될 줄 알았는데 막상 써놓고 보니 시간의 윤곽만 남아 있다. 벽난로를 구체적으로 그릴 수는 없었으나 따뜻했다는 사실만 선명하게 만져지듯이. 돌아보면 나를 통과한 사랑들이 모두 그랬다. 주소는 기억하고 있지만 영영 그곳에 닿을 수 없는 막연함이, 사랑으로 쓴 안경을 늘 닦아주었다. 말도 없이.

마지막까지 전속력으로

오래전, 키우던 강아지를 보내게 된 날, 나는 인근 마트에서 강아지 배변 패드와 간식을 사가지고 오는 길이었다. 내가 너무 실망할까 봐 엄마는 내가 없을 때 강아지를 삼촌 차에 태워 보냈고, 마침 내가 집에 돌아오는 길에 그 모습을 보게 된 것이다. 막 떠나는 차창 뒤로 나를 하염없이 바라보고 있을 강아지를 가만히 둘 수 없어 슬리퍼를 신은 채로 뛰었다. 전속력으로. 그게 강아지에게는 내 마지막 모습이었을까.

너무 어려 분간 없이 동물을 예뻐하기만 했

기 때문에, 계속 함께 살아야 하는 존재에 대한 준비가 없었다. 그래서 언제나 반려동물을 키울 마음만 지니고 있을 뿐, 쉽사리 결심을 할 수 없었다.

하는 것 말고 계속하는 것에 대한 의심은 나를 운이 좋은 사람으로 만들기도 했다. 대학에 들어와서는 고교 백일장 수상자 명단에서나 보던 유명한 친구들을 많이 만날 수 있었다. 시를 쓰는 친구가 없었기 때문에, 이름을 알고 있다는 이유만으로도 쉽게 친구가 될 수 있었다. 그때 우리는 자주 서로에게 물었다. "시 쓸 거야?" 그런 질문이 당장 제출해야 할 시를 쓸 거냐는 질문이 아니라, 계속할 거냐는 질문이었다. 그때 우리는 자주 쉽게 대답했고, 자주 철회했다. 계속하려는 입장에서 떠나는 사람들을 지켜볼 수밖에 없었다. 나 역시도 스스로에게 계속 되묻고는 했다. 시를 계속 쓸 거냐고. 시를 써보긴 했으니까, 이쯤하면 되지 않겠느냐고. 그러나 그런 결심도 없이 시를 계속 써오고 있고 여전히 지금도 계속 묻는다. 계속 할 수 있겠느냐고.

지금 키우는 고양이가 두 살이니까, 오래 산다고 생각하면 앞으로 십몇 년은 더 함께하게 될 텐데, 그때마다 나의 달라지는 환경 속에서도 고양이와 계속할 수 있는 삶을 만들어야 하는 그 노력이 필요하게 되었다. 여기에는 대답을 철회할 여지가 없다. 마지막까지 우리의 속도로 같이 가는 일만이 남은 것이다.

최근에 친구들을 만나서 눈물과 콧물을 모두 쏟아냈다. 결혼식을 앞둔 한 친구가 청첩장을 주기 위해 모인 귀한 자리였는데, 다른 한 친구가 며칠 전 강아지 '루가'를 하늘로 보낸 이야기를 했기 때문이었다. 또 다른 친구는 그렇게 강아지를 보낸 경험이 있어서인지 더 몰입해서 마지막 순간의 이야기를 들었다. 단순히 곁에 있던 동물이 죽고, 그 동물을 보내줘야 하는 일이 아니었다. 우리가 지나는 이 생활의 풍경이 지독하게 복잡하고 얽혀 있어서, 어떤 날에는 당연한 것도 이해를 구해야 할 때가 있었다. 강아지를 편히 보내주기 위해서 친구가 했던 노력들을 듣는데, 마음이 미어지는 듯했다. 마지막까지, 전속력을 다해 달려간 친구가 대견하였다. "우리 앞으로 더 자주 이야기하자. 루가의 이야기를. 남아 있는 사람들이 계속해서 떠들자." 작은 요크셔테리어 루가는, 내가 키우던 강아지 행복이와 같은 종이어서 더 마음이 갔다. 누군가를 마음 다해 보내본 일이 별로 없어서 모든 게 서툴고 낯설었지만, 그 시간을 침착하게 지나온 일로 비로소 인사할 수 있다는 것. 숭고하고 아름다운 마지막을 간직한다는 것. 그것마저도 작은 강아지가 보여주고 간 풍경이었다.

시의 마지막은 어디쯤일까, 어떤 모습일까 생각한다. 아직은, 죽음도 작별도 구체적으로 생각해보지 않았다. 그러나 그런 마침표가 분명 어디쯤 떨어져 있고, 그것을 줍는 날에는 정말 잘 끝낼 수도 있겠다고 생각했다. 그동안은 최대한 사랑하고, 최대한 아파하며, 최대한 계속됨을 의심하면서 멈추지 않게 하는 것. 그것이 나의 몫. 우리가 감당해야 할 몫.

옆에서 새근새근 잠든 고양이의 숨소리가 여리게 들린다. 이 고요가 우리를 계속 가게 만들고, 이 고요를 지키기 위해 나는 나의 분란을 견뎌야 할 것이다. 고양이에게도 감당해야 할 어떤 시간이 오더라도, 우리는 전속력을 다해 달려간다. 끝나지 않는 동안의 트랙을 둘이서.

영원히 모름

대상을 전부 알고 싶어 하는 마음이 이마를 깨뜨리고 반짝이게 한다는 사실. 그 반짝임으로 이마의 깨짐을 세어볼 수 있다는 것도. 그리하여 알고 싶어 하는 마음이 영원히 모르도록, 모르게, 모를 것임을 앎에도 나아가게 되는 것. 그 깨짐을 간직한 후로부터 더 구체적인 사랑을 할 수 있다는 믿음.

시를 쓰면서 외로운 마음을 가지고 여기저기 기웃거리던 시간이 있었다. 그 외로움을 참을 수 없었는지 한 번도 만난 적 없는 사람과의 깊은 우정이 낮은 통증에 시달리기도 했고, 싸운 적 없이 서로를 용서하기도 했었다. 알고 싶지 않은 것을 알게 되면서부터 사랑에 붙들려 있던 믿음이 하나씩 깨졌다.

깨질수록 더 사랑했던 것 같기도.

사랑하는 고양이의 마음을 내가 다 알 수 없을 것 같아서, 그런 막막한 사실이 좋다. 어쩌면 모르고 싶은 마음. 그런 마음은 무엇이지? 포기가 아니라 자명한 사실로부터 우리의 간격이, 우리의 구조가 세워지는 것이라면 잠꼬대하느라 몸을 움찔거리며 자는 너를 보면서 그 꿈 안으로 접속해 구경하고 싶지만 네가 꾸는 꿈은 모두 너의 몫이라는 것, 내가 꾼 꿈도 너에게 들려줄 수 없으리라는 것.

생활 안에서, 삶의 거실 안에서, 네모난 카펫 위에서 정직하게 나누고 싶은 것: 모르는 것, 모를 수밖에 없는 것, 다 알고 싶지 않다는 두려움, 다 알 것 같다는 함정에 빠지지 말자. 그런 약속 정도는 알아듣는 꼬리.

시집에 서명을 할 때마다 '구체적으로 사랑이 되어가는 누구에게'라는 문장을 적곤 했다. 사랑을 구체적으로 발명해가는 사람들을 응원하는 마음에서다.

내 사랑에 난 발톱의 생채기는 나를 더욱 구체적으로 만들었다. 시는 그것들을 천천히 회복시켜주는 반창고였다가도, 상처의 맨 처음 순서로 데려다 놓는 짝 없는 술래. 그런 것들을 알아가는 동안에도 나는 모르는 것이 너무나도 많다.

고양이와 내가 함께 모르는 것: 시.
시와 고양이도 영원히 모르는 것: 나.
함께 있는 동안, 알 수 있을 동안 최대한 많은 장면을 깨트려서 간직하기로 하자. 모름을. 모름의 부연함 속에서 뒹굴었던 시간을. 마침표를 수수께끼로 만드는 시를. 시를 깨달을 때마다 달아나는

의미를. 보편적인 사랑을 특수하게 만드는 그 구체

성을.

오늘 날씨가 어땠는지

네가 지나간 모든 날씨 속에서
나는 열두 번 재채기하며 다시 깨어나지
한 번의 찡그림과 몇 번의 헷갈림으로 빚어진
얼굴 밖을 벗어난 적 없지만

창문 앞에 서 있으면 모두가 모이게 되는

몇 가닥 흰 수염을 줍고
빗에 뭉친 털을 굴려 건실한 공을 빚고
그러다 할 일이 다 끝나지 않아
해도 다 할 수 없다는 것만은 알아

네가 웅크리고 간 따뜻한 구름 속에서
나는 자주 쏟아지는 소나기 어쩌면 장대 우산
고요가 웃도는 적막이 드리울 때
너는 나를 우산처럼 쓸 수도 있을까

창문 앞에서 모두 모이게 되는 풍경은
창밖이 궁금했기 때문이 아니라
우리가 안쪽에 나란히 머물러 있어서
안쪽에게도 깊은 안쪽이 필요해서
넘나들 곳 많아 아른거리는 거야
서로의 발자국을 잠깐 빌리는 거야

너의 외투가
나의 가장 가까운 바깥이 될 때
살고 싶은 날씨가 있어서
살아가게 된다고 말하게 될지도 모르는

너는 푹신한 구름
나는 네 꼬리에 움직이는 인공위성

집사야, 내가 쓴 시를 읽어보렴

행간을 뛰어다닐게 소리도 없이
재채기를 유발하는 내 털끝의 벼랑으로

태어나자마자 버려진 주소로 가서
유기한 꿈을 마음껏 파헤치며 쓸게 그러니까
자 이것을 소리 내어 읽어보렴

우는 것은 다 똑같은 얼굴인데
쉽게 웃어주지는 않아 공짜라도
제목은 맨 나중에 짓게 되겠지 처음으로 돌아가
면서

우리가 마음껏 뒷모습을 꿈꿀 수 있을 때
서로 물든 만큼 흉터가 생기겠지만

내가 나오지 않는 서랍이 없을 거야

네가 읽은 갈피마다 모두 우리 이야기가 되고
시는 나를 간추릴 수 없으니
그러니까 나는 시를 닮지 않았지만

받고 싶지 않은 선물이었더라도 좋아
나는 조그마한 너는 자그마치
호주머니가 많은 이 시를 읽어보렴
영원히 찾지 못하는 숨바꼭질이겠지만
우리는 술래에 익숙하니까

나는 다시 행간을 뛰어넘어
네가 잠드는 동안 젤리로 꾹꾹 눌러쓴
이 편지를 두고 갈 거야
재채기 소리에도 놀라지 않을게
네가 뒤로 숨긴 공을 모르는 척해볼게
귀찮은 건 좀처럼 참을 수 없더라도

화면엔 집사가 쓰다만 시가 켜져 있구나

소리도 없이 실컷 울다가 잠든 네 깜빡임이

나의 긴 낮잠을 배웅하기도 했으니까

이것 보렴,

키보드 위에 웅크리고 앉아 쓴 나의 시를

우리가 헤매고 있는

꿈의 주소록을

고양이가 되는 꿈

우리를 움직이게 만드는 모든 사랑의 아른거림이
사실 나는 좋아요
헷갈림으로 서로의 뒷모습을 완성할 수도 있으
니까

불러도 오지 않는 이름을 나눠 가졌다면
다가갈 수밖에 없는 시간이 있고
찾아갔을 때 사라지고 없더라도
온종일 헤맬 수 있는 지도를 펼쳐 들고

너의 인기척과 안간힘에
나는 잠깐 떠들썩해지는 고양이

나는 숨을 수도 없는 곳에서
네 꼬리가 마음껏 휘젓고 다닌 나의 어둠이
오늘 제일 맑고 화창했어요

유당 불내증은 우리가 벗어난 맨 처음의 하양
웅크리며 생기는 모양을 좋아해
동그라미 네모 세모를 모두 화해시키는
우리의 조그마한 게으름을

나는 너의 가장 기다란 벤치
딱딱하고 좁지만 네가 뛰쳐나가면 생겨나는
둥근 모서리에 턱을 괴고 긴 낮잠을 자면

나는 그 꿈을 간지럽히는
강아지풀 아니면 버들고양이

야광고양이

빛나는 것을 보기 위해 두 손을 웅크려 어둠을 만들어본 적 있다면, 너의 얼굴이 밝아오는 손아귀의 어둠을 좋아한 적 있다면

이름 모를 고양이를 골목에서 한참 동안 바라봤던 저녁에, 저녁만 되면 야위는 것 같은 그림자를 짊어진 고양이에게 편지를 쓰고 싶은 날도 있었다

앉았다가 떠난 따뜻한 러그 위에 차갑고 날카로운 통조림 뚜껑에 네 털이 달라붙은 밤색 카디건 위에 너의 시간이 부스러기처럼 남아 있고 그건 모두 하려던 말 같아서

함께 술래가 되던 저녁이 있었다 이름 모를 고양이를 다시 마주치면 좋겠어서 왔던 길을 되돌아가던 저녁이 있었다 편지 봉투를 닫을 수 있는 것

(딱풀, 스티커, 침묵)을 고른 밤이었다

　너무 멀리 가지는 마, 나의 바닥을 길어 너에게
주려던 그런 저녁에, 너무 많은 말을 남기지는 마,
간직한 것은 어딘가에 꼭 붙들려 있을 테니까

　그런 뒤척임을 읽던 저녁에 나는 빛나는 고양
이를 품에 안고 더 어두운 쪽으로 갔다 한낮에 끌
어안은 빛을 나눠주기 위해 어둠의 장막을 펼치면
너와 내가 웅크리고 있다

에필로그

    고양이에 대해 쓴다는 것이 이토록 어려운 일일줄은 몰랐다. 내가 해오던 문학은 대부분 지나간 시간을 토대로 세워져서인지 몰라도, 지금 당장 하고 있는 사랑에 대해 말하는 일이 어색하게만 느껴졌다. 이번 책을 쓰면서 나는 수십 번이고 뒤를 돌아봤다. 키보드를 열심히 두드리는 나를, 가만히 기다리고 앉아 있는 내 고양이의 이름을 불러주기 위해서였다. 기다림에는 반드시 응답이 있다는 것을 알려주고 싶었다. 잠깐만 기다리라며 타이르는 목소리로 혼잣말을 하고는 아주 오랫동안 헤매듯 글을 썼다. 그 헤맴 속에서 많은 존재들을 만났다. 기다림에 지쳐갈 때쯤이면 겨우 돌아보던 시의 얼굴들이 있었나? 덕분에 나는 조금 무모하게 멀리 온 것 같다.

　작은 고양이를 구조해 품에 안고 우리 집에 온 친구가 얼마 전 희동이는 주인을 참 잘 만났다고 나를 격려해줄 때, 기쁘면서도 속으로는 고개를 저었다. 사랑이라는 것이 꼭 남부럽지 않은 것이어야 하는 건 아니면서도 어쩐지 늘 모자람으로 사랑의 눈금을 긋게 되어서다. 이 사랑의 오솔길은 가도 가도 끝이 없고, 언제나 나를 우왕좌왕하게 만들면서 동시에 내가 머무는 세계를 넓어지게 만든다. 고양이와 시를 나란히 두고 그런 것을 이야기하고 싶었다.

　일요일 아침, 눈곱도 떼지 않은 채로 침대에 널부러져 있는 고양이와 함께 〈TV 동물농장〉을 시청한다. 나는 TV에 열중하고 있는 고양이의 뒷모습만 보고 있어서 그저 졸린 것인지, 아니면 동물들의 이야기에 집중하는지 알 수 없지만 미동도 없이 가만히 응시하는 동그란 뒷통수를 함께 본다. 베란다 창문 앞에 모여 바깥을 구경할 때에도, 발소리가 커지는 현관문에 시선이 향할 때에도, 눈을 마주보는 일만큼 좋은 것은 같은 곳을 바라보는 것이구나 싶어진다. 내가 바라보고 싶었던 곳을 시가 빛나는 검지손가락으로 가리키며 보여주었던 것처럼.

핸드폰 앨범의 '즐겨찾는 항목' 맨 앞에는 우리나라에서 가장 유명한 고양이 탐정들의 전화번호가 적혀 있는 사진이 캡쳐되어 있다. 언젠가 사주고 싶어 저장해둔 고급스러운 캣타워도. 사랑은 위험천만한 순간을 준비하게 만들다가도, 당장 없어도 되지만 바라게 되는 것을 꿈꾸게 만든다. 쓰는 일과 쓰지 않는 일 사이에서 손바닥 뒤집듯이 살아내는 일처럼 가볍고 두서가 없다. 홀로 시와 실랑이하는 시간마저 살아 있는 인기척처럼 느껴지는 것은, 시를 좋아하기 때문이다. 어디선가 시를 읽고, 수줍게 고양이 이야기를 하고, 처음 보는 사람과 잠깐 우리가 되는 일은 사랑이 견인해온 고유한 순간들이었다.

    이 책은 그 모든 순간 중 작은 일부이자 지금의 내 안에 자리잡은 사랑의 커다람을 증명하는 일이었다. 그 일을 계속해나갈 채비를 하는 과정이기도 했다. 이 책을 펴내며 그 과정을 내밀히 살펴준 정채영 편집자와 아름다운 동료들에게 고마움을 전한다. 무엇보다도 내 동생 희동이와 소중한 은인 호두, 민지, 하이에게도. 이들이 먼저 있어서 희동이를 만날 수 있었다고 생각한다.

    나보다 훨씬 큰 사랑이 모여 있어 여지껏 부지런할 수 있었고, 성실함으로 그 사랑을 보답하고 싶다.

2024년 여름의 문턱에서

서윤후

일상시화

고양이와 시

1판 1쇄 펴냄 2024년 6월 25일

지은이   서윤후
편집   정채영, 이기리
디자인   한유미, 정유경

펴낸이   손문경
펴낸곳   아침달

출판등록 제2013-000289호
주소 04029 서울시 마포구 양화로7길 83(서교동 480-26) 5층
전화 02-3446-5238
팩스 02-3446-5208
전자우편 achimdalbooks@gmail.com

ⓒ 서윤후, 2024
ISBN 979-11-89467-53-1 03810

책값은 뒤표지에 있습니다.